저

강변

극장

그래서 **영화 애호가로** 산—다

저
강
변 차주경
극
장

yeon
doo

차례

한 시인은 '나를 키운 것 중 팔할이 바람'이라고 읊었다. 들어 보니 참 멋있더라. 그래서 나도 무엇이 나를 키웠나 돌이켜 봤다. 아마 술이 대부분이겠고, 그 다음으로는 일? 글? 그림? 연애? 취미? 꼽아 보니 제법 많은지라 쉬이 비중을 나눌 수 없었다. 그중 '그래도 영화의 비중은 최소한 삼할은 되겠다' 싶었다.

장삼이사로 산 사십여 년 가운데 이십 년 이상을 천오백 편이 넘는 영화와 함께했다. 특히 최근 십 년은 거의 매주 새 영화가 영사기에 걸리는 목요일 혹은 주말에 극장으로 가는 것이 습관이 되다시피 한 터였다.

영화는 과연 허상이자 공상이며 상상뿐은 아니었다. 내게 영화란 얄미운 친구이자 인자하고 고루한 선생님, 생각을 극적으로 넓혀 준 현자이자 만날 때마다 애증을 느끼게 하는 연인, 정처 없이 세파를 헤맬 때 믿고 내릴 수 있는 닻이자 방향을 가늠할 나침반, 힘들 때 위안을 주는 숲 속 솔내

나는 오두막이자 나태해질 때 날카롭게 나 자신을 깎아주
는 정이었다.

대학 졸업 후 직장 생활을 한 지 십오 년쯤 지났다. 일에 치
여 몸이 피곤한데다 마음까지 번민에 시달리느라 심란할
때 으레 나를 웃고 울리고 몰아넣고 구원한 것도 영화였다.
또다시 돌이켜 보니 내가 살아온 과정, 만난 사람, 부닥친
일이 모두 한 편의 영화였구나 싶었다. 그렇게 하루, 일주일,
한 달과 일 년, 나아가 내 삶 속 수십여 년이 영사기를 노니
며 흘렀다. 문득 내 삶과 영화의 관계를 기록하고 싶어졌다.
이 기록을 보는 이들이 그때의 나처럼 영화를 보고 많은 것
을 얻으면 좋겠다고 생각했다.

살면서 만난 수많은 영화 가운데 몇십 개를 고르는 것이란
여간 어려운 일이 아니었다. 나는 영화를 보면 대개 개인 홈
페이지나 SNS에 별점과 함께 감상평을 남긴다. 그래서 이
가운데 별점 다섯 개 만점 중 네 개 이상을 준 영화만 선택
했다. 영화가 내 삶의 순간순간에 감동과 영감을 준 계기,
그때 내 삶에 일어난 사건을 떠올렸다. 그 시절 영화가 내게
어떤 도움을 어떻게 줬는지 감상을 덧붙였다.

되도록 내가 느낀 감동을 독자들도 느낄 수 있게 쉽게 구할
수 있는 2000년대 영화로, 잘 알려진 작품과 그렇지 못한

작품을 골고루 골랐다. 잘 알려진 작품은 돌이켜 보는 의미가, 그렇지 못한 작품은 새로운 보석 같은 영화를 소개한다는 의미가 있겠다.

모쪼록 이 사랑스러운 영화들이 책을 읽는 여러분에게 내게 준 그것보다 훨씬 크고 깊은 위로를 주기를!

{1관}

입사 석 달 만에 현타에 시달리다
〈월터의 상상은 현실이 된다^{The Secret Life of Walter Mitty, 2013}〉

잡지사 네거티브 필름 관리 직원 월터 미티. 내세울 것도 없고 성격도 극히 소심한 그는 곧잘 혼자만의 상상에 빠지고는 한다. 상상 속에서 그는 무엇이든 해내지만, 그것은 어디까지나 상상일 뿐 현실이 되지는 않는다. 어느 날 월터가 일하는 잡지사가 폐간하게 된다. 월터와 수십 년을 함께 일해 온 전설의 사진 작가 숀은 월터에게 "폐간호 표지로 쓰라!"며 인생 최고의 역작이라는 사진을 보낸다. 문제는 이 사진이 운송 도중 사라진 것이다.

아연해진 월터는 숀을 찾아나선다. 하지만 촬영을 떠날 때는 누구에게도 알리지 않고, 휴대전화도 놓고 가는 숀을 찾기란 불가능에 가까운 일이었다. 월터는 현실과 늘 빠지던 상상 사이에서 갈등하지만, 이번에는 상상이 아닌 현실에 몸을 던진다. 이윽고 월터에게 그의 삶을 송두리째 바꿀 만한 사건들이 몰아친다. 과연 월터는 숀의 사진을 찾을 수 있을까? 그의 상상은 현실이 될 수 있을까?

움직여라. 행동해라. 그것이야말로 상상을 현실로 바꾸는 마스터키

십수 년 전 스물일곱 살에 취업했을 때 어떤 느낌이었는지 혹은 얼마나 기뻤는지 지금은 전혀 생각나지 않는다. 다만 입사 후 첫 월급 명세서를 보고 '이 적은 돈 가지고 세상을 어떻게 사냐'고 푸념했던 기억은 선명하다. 그때는 돈 모으는 것도, 미래를 그리는 것도 반쯤은 자포자기했다. 그래서 입사 후 한 석 달쯤은 월급을 모으지 않고, 받는 족족 술을 마셨다.

술을 마시고 얼큰히 취하면 으레 이것저것 상상한다. 상상 속에서 나는 무엇이든 할 수 있고, 무엇이든 될 수 있고, 무엇이든 가질 수 있다. 적은 돈을 받고 고민하는 내가 아니라 풍족한 돈을 받고 원하는 대로 써제끼는 내가 있다.

그래서 상상이 깊을수록 깨어났을 때 부끄러움도 커진다. 그 부끄러움 속에서 배운 것이 있다. 상상은 자유다. 하지만 그 시간에 움직이고 행동하는 이들은 때로 상상을 현실로 만든다.

누구나 상상을 즐긴다. 현실이 만족스럽지 못할수록 상상의 경계는 넓어진다. 그 속에서 우리는 사랑하는 이와 함께하고, 원하는 모든 것을 얻어내며, 더할 나위 없이 행복하고 만족스러운 시간을 보낸다. 하지만 유리처럼 으레 깨져야만 하는 이 상상에서 벗어나는 순간 우리는 현실에 내동댕이쳐진다. 아쉬운 입맛을 다실 뿐이다. 이 영화도 이 지점에서부터 시작한다.

상상을 현실로 만드는 법은 불가능할 듯하지만, 그렇지도 않다. 그 첫걸음은 의외로 지극히 작은 결심, 그리고 행동이다. 모든 것이 별안간 바뀌리라 생각하지 말도록. 상상은 금방 만들어지기도 하지만, 허물어지는 것도 빠르다. 천천히, 하지만 조금씩 정확하게, 그래서 적확하게. 우리의 선택과 행동이 우리의 상상을 현실로 빚는다.

월터가 일하는 잡지사의 표어는 이 영화의 메시지를 노골적으로 전달한다. '세상을 보고, 무수한 장애물을 넘어 벽을 허물고 더 가까이 다가가 상대를 알아가고 느끼는 것. 이것이 우리가 사는 인생의 목적이다' 상상만으로는 무엇도 하지 못한다. 하지만 발걸음을 한 발 내딛는 것만으로, 행동을 결심하고 이를 실행하는 것만으로 우리는 이 상상을 현실에 가깝게 만들 수 있다.

이 영화는 이처럼 명확한 희망의 메시지를 관객들에게 전달한다. 단, 예열 시간이 좀 긴지라 다소 지루하다고 느낄 수 있겠다. 초반에는 영화의 배경과 주제, 메시지 등이 등장 인물 간의 대사와 함께 펼쳐지는데 이 과정이 참 조용하다. 그래, 별 일 없어 보이는 조용한 우리 일상과도 비슷하겠다.

하지만 사실 이 단점은 영화의 중반 이후를 더욱 빛내는 요소다. 중반 이후 이 영화의 느린 호흡과 시각 메시지, 대사들은 몰입도를 더 깊게 해준다. 중반 이후 되살아난다.

누구나 가진 꿈과 상상을 현실로 만드는 방법, 이를 깨닫는 과정. 새해, 첫 출근, 모든 시작과 함께하는 영화 중 이만한 메시지를 주는 작품도 드물지 않을까.

아, 이 영화를 관람해야 하는 이유는 또 있다. 영화 속 전설적인 사진 작가 숀 오코넬이 담아낸 일생의 걸작 사진 한 장. 영화의 엔딩을 장식하는 이 사진은 엄청난 감동을 준다. 이 사진은 우리가 틀리지 않았다는 증거, 우리가 할 수 있다는 증거다. 이 하나만으로도 이 작품을 볼 가치는 충분하다.

{2관}

금요일 밤, 영화와 함께 술을 마시니 옛 삶의 낙이 절로 오르다
〈밤은 짧아 걸어 아가씨야 Night is Short, Walk on Girl, 2017〉

술과 음악, 왁자지껄한 훤화와 연심이 가득 흘러넘치는 밤이지만, 나는 오로지 검은 머리 아가씨만 보고 있을 뿐이다. 첫눈에 반한 여자를 사로잡기 위해 지금까지 '최눈알', '최'대한 그 여자의 '눈'앞에서 '알'짱거리기 전법을 썼지만, 신통찮다. 기분 좋은 밤바람에 얽힌 시끌벅적한 술자리 분위기, 기분 좋은 듯 살짝 바알갛게 달아오른 검은 머리 아가씨의 볼, 어서 다시 한 번 여자의 눈앞에서 알짱거리라며 등을 떠미는 듯한 바람. 그래, 이때다.

웬 걸. 나와 검은 머리 아가씨만 있어야 할 이 환상적인 밤은 속절없이 지나가는데 그야말로 별의 별 사건이 우리의 만남을 방해한다. 쳇바퀴를 돌듯 손을 뻗어도 계속 어딘가를 향해 걷는 검은 머리 아가씨에게는 닿지 않는다. 짧은 밤이 지나 곧 해가 뜨기 전에 여자와 꼭 눈을, 될 수 있으면 입술도 맞춰봤으면 좋겠는데….

어지러운 술판이지만, 이렇게 만난 것도 어떤 인연

입사 후 석 달쯤 술을 물처럼 마셨다. 특히 다음 날 출근 걱정을 하지 않아도 되는 금요일만 되면 술이 얼마나 맛있었는지 모른다. 마음 잘 맞는 동료들과 왁자지껄한 훤화 속에서 들이키는 술은 달디 단 신화 속 감로주 그 자체였다. 십수 년이 지난 지금도 금요일 밤 술 한 잔을 마시면 자연스레 그때 그 시절이 떠오르고는 한다.

그때 함께 술잔을 부딪히며 떠들던 동료, 친구, 선후배 몇몇과는 지금도 가깝다. 그리고 몇몇과는 멀어졌다. 물론 옛 애인들과는 예외 없이 멀어졌다.

사람들이 멀어졌다고 해서 아쉬워할 필요가 있을까. 사이가 끊어진 것이 아니다. 잠깐, 더러는 조금 오래 멀어진 것뿐이다. 그 자리는 곧 새로운 사람과 사건들이 채울 테다.

그래. 금요일 밤은 뭐라도 아쉽다고 생각할 시간이 아니다. 어우러진 술과 훤화, 아쉬운 기억과 새로운 기억을 어떻게 모을 지를 생각할 시간이다. 젊었을 때 이것을 깨달아서 다행이다. 그 와중에 만나 술을 마시는 것보다 더 다채로운 흥겨움을 전해준 것이 이 영화다.

의뭉스러운 금요일 밤, 운우에 펼쳐진 술판에서 얼큰한 술과 취기가 돈다. 한껏 달아오른 연심에 살아 펄펄 날뛰는 젊음이 섞이면 온갖 기적이 일어난다.

그 기적이란 엉망이고 기발하고 귀엽고 쓰라리다. 난잡하고 애절하면서 답답하지만, 경쾌하다. 번잡하고 부끄러우면서 시원하고 재미진데다 유치하고 안타깝다가 아련한 추억을 되살린다. 이 타이밍에 술 한 잔을 들이키면 그 다음 감았다 뜬 눈에서는 또 엉망이고 기발하고 귀엽고 쓰라린 광경이 들어온다.

한바탕 왁자지껄 떠들고 마시고 게워내고 나서도 즐겁디즐거운 술자리의 기억은 지워지지 않는다. 도리어 선명해진다. 그 선명한 끈이 추억이 된다. 그 추억이 인연이 된다. 사람이 된다. 사랑이 된다.

이 영화를 보고 문득 나도 다시 술을 마셔야겠다는 생각이 들었다. 호쾌하게 한 잔 들이키고 이 밤을 즐기러 나가야지. 꼬불꼬불 어지러운 길을 따라 이 밤을 헤메다 보면 불현듯 검은 머리 아가씨의 향이 코끝을 스칠 게다. 여자를 몰래 뒤따라가면 곧 시끌벅적한 술판이 펼쳐질 거다. 이백의 전차소리가 들릴 거다. 추억과 인연과 사람과 사랑이 될 거다.

자, 밤은 짧다. 걷자. 마시자. 취하고 춤추자. 인연이 우리를 이끌 게다.

{3관}

그 무렵 찾아오는 실연에 대비하는 법
〈콜 미 바이 유어 네임 Call Me by Your Name, 2017〉

모든 것이 뜨겁게 불타오르던 이탈리아의 한여름, 열일곱 살 소년 엘리오는 스물네 살 청년 올리버를 만난다. 나와는 다른, 그의 두터운 팔과 거친 수염. 짐짓 능청스러우면서도 박식하게 주변 사람들을 매혹하던 올리버의 나직한 목소리가 엘리오의 귀에 꽂힌 그 순간 엘리오는 세상에서 가장 특별한 첫 감정을 느낀다.

그 감정은 엘리오만의 것은 아니었다. 가까워지는 엘리오와 올리버. 상대를 몰랐던 시간은 길었지만, 빠져드는 것은 빨랐다. 그리고 안타깝게도, 빠져드는 것이 빨랐기에 둘의 사이도 빨리 멀어지고 만다. 더운 여름날 피어오른 사랑의 신기루가, 덧없는 가을 낙엽 같은 메마른 이별의 시간이 지났다. 사랑하는 이가 곁에 없기에 심장이 얼어붙을 듯 찬 겨울이 왔다.

그때 엘리오의 집 전화벨이 울리는데….

세상에서 가장 아름답고 애타는 프로포즈, 나를 네 이름으로 불러줘

그리고 또 그때쯤이었다. 서른쯤 심장이 깊게 베이듯 실연이 다가왔다. 스무 살에 첫 연애를 한 후 한두 번 겪은 일도 아니라지만, 실연은 겪을 때마다 쓰라리고 매섭다. 그때마다 눈물, 콧물 질질 흘리며 되뇌인다. 다시는 사랑을 되풀이하거나 실패하지 않겠다고 다짐하는 모습이란 참 그렇게나 유약하다. 그리고 첫사랑을 떠나보낸 후 차 안에서 몸부림치며 울고 또 울던 그날의 내 모습이 떠오른다.

어쩌면 첫사랑의 법칙이다. 첫 번째. 풋풋할 것, 때로는 바보 같을 것이다. 두 번째. 당신을 향한 내 사랑이 마치 기적처럼 말도 안 했는데 전해질 것이라는 착각 속에서 꿈꿀 것이다. 세 번째와 네 번째는 꿈에서든 현실에서든 당신을 생각할 것, 그리고 예정된 이별을 느끼기에 늘 불안할 것이다.

여기까지 오면 파국으로 미끄러지고야 마는 첫사랑의 나머지 법칙은 자연스레 이어진다. 으레 이별의 불안에 지금의 행복을 잠식당하고 마는 것이다. 그 나머지 제 손으로 애써

닦아놓은 감정의 성을 허물어버리기도 일쑤다.

즉 첫사랑의 처음과 마지막 법칙은 실패하는 것이다. 그래서 우리는 그리 쉽게 우는 것이다.

하지만 또 첫사랑은 결코 잊지 못하도록 콧날과 가슴 한가운데 더께를 남긴다. 감정과 치기에 취한 그날, 오고간 말과 말을 틀어막은 입술의 온기와 부드러움을 남긴다.

그러니 사랑에 빠진 것처럼, 더러는 헤어진 후 그리워하는 것처럼, 당신과 나는 이 작품에 자욱히 낀 사랑의 구름에 빠져들 수밖에 없다. 탐닉할 수밖에 없다. 그 끝이 희극이며 비극이라는 것을 물론 알고 있다.

나를 네 이름으로 불러줘. 정말 이렇게 애타고 솔직하며 강렬한 프로포즈가 또 있을까. 우리는 언제나 떨어져 있으면서도 함께다. 헤어진 후에도 서로를 느낄 수 있다.

우리가 상대의 이름을 부르는 순간 너는 내가 되고, 나는 네가 된다. 그 고백을, 목소리를, 그 밤을, 내음을, 숨결을 언제 어디서든 느낄 수 있다.

비록 이 약속이 우리의 이별을 암시하고 또 이끌어내기는 했지만, 우리의 목이 타 소리를 내지 못할 때까지, 기억이 시간에 패퇴하기 전까지 이 약속은 또한 불멸의 사랑의 증거인 거다.

처음에는 산만하던 이야기와 감정이 형태를 갖추고, 농염한 내음을 풍기며 관객에게 다가온다. 그 교태란 가히 첫사랑 그 자체다.

풋풋하고 격정의 사랑이라면 그저 몰입할 수밖에 없다. 공감하는 한편 십수 년 전 그 시간을 되뇌일 수밖에 없다.

사랑하고, 헤어지고 아파하던 내 모습을 이들에게 투영할 수밖에 없다. 그리고 엔딩에 이르러 이들과 함께 추억을 반추하며 눈물 흘릴 수밖에 없다.

그 여름 햇살만큼 뜨거운 열병처럼, 촉촉히 배어나 네 셔츠 등어리를 조금씩 적시던 땀방울처럼, 타오르는 열정과 흥분에 좁아진 시야처럼. 그렇게 여름같이 사랑은 찾아온다.

그리고 마음도 시간도 차갑게 가라앉은 겨울이야말로 이별을 인정하기 좋은 계절이다. 사랑의 열병을 식힐 계절이다. 생각을 정리하고, 당신을 잊거나 추억하기 좋은 계절이다. 함께 울기 좋은 계절이다.

전화기 너머 말을 나누며 이별을 직감한 엘리오, 아니 올리버는 그날의 나처럼 울고 있었을 거다. 아니면 지금의 나와 당신처럼 웃고 있었거나.

{4관}

무지개 다리 건너 엉덩이를 움찔대며 나를 기다리고 있을
강아지 두리 이야기
〈환상의 마로나^{Marona's Fantastic Tale, 2019}〉

아홉 번째로 태어난 막내, 코와 콧등에 사랑(하트) 모양 무
늬를 새긴 강아지 아홉이. 집을 떠난 아홉이는 사람 친구들
을 만날 때마다 각기 다른 이름을 받게 된다.

늘 아홉이에게 솜사탕처럼 달디 단 꿈을 말하고, 그 환상의
세계로 손을 잡고 이끌던 곡예사 마놀. 듬직한 덩치로 온갖
핍박과 두려움을 막아주던, 든든한 친구 이스트반. 너무 좋
은 네가 더는 외롭게 두지 않겠다며, 꼭 안아 따뜻한 온기를
나눠주던 소녀 솔랑주가 아홉이 곁에 다가왔다 떠나간다.

그리고 네 번째, 새로 만난 친구이자 마지막 친구인 우리에
게 아홉이는 그동안의 이야기를 들려준다. 너무 사랑하는
사람과의, 친구들과의, 우리와의 이야기를.

사람이 죽으면 반려동물이 총총 마중 나온다고 한다. 나는 이 이야기를 무척 좋아한다

길을 걷다 아장아장 총총 발발거리며 걷는 강아지를 볼 때마다 저절로 미소를 짓는다. 아무리 기분이 나빠도, 불쾌함이 극에 달해 눈에 보이는 모든 것이 거슬릴 때에도 강아지며 고양이만 보면 기적처럼 기분이 풀린다. 그리고 떠오른다. 무지개 다리 건너 날 기다리고 있을 내 강아지, 내 동생 두리. 열두 해를 나와 함께 보낸 두리, 나와 다시 만나면 그 녀석은 무슨 이야기를 할까?

반려동물, 특히 강아지나 개를 다룬 영화를 볼 때마다 느낀다. 같이 있어 보면 대번에 알 수밖에 없다. 이 복슬복슬한 녀석들이 사람을 얼마나 사랑하고 믿는지, 곁에 있으려 하는지, 우리를 지키려 하는지 알게 된다. 발랑 배를 뒤집고 누워 헥헥거리며 얼마나 행복해하는지 알게 된다.

문을 채 열기 전에 일찌감치 발소리를 듣고 깡깡 짖으며 환대한다. 들어오면 반가워 모로 뛰고 세로 뛰고, 꼬순내 풍기면서 품으로 달라들어 간질간질 혀로 온갖 곳을 핥아준다.

곁에 엉덩이부터 터억 붙이고 앉아 세상에서 가장 착한 눈을 하고 올려다본다. 내가 눈 깜박이는 그 1초마저 놓치지 않겠다는 듯 연신 고개를 갸웃거리며 사람 곁에 머무르려 애를 쓴다.

'살쪄 임마'라며 신나게 먹고 있는 간식을 뺏는다든지. 나 혼자 맛있는 거 먹는다든지. 산책 갈까? 말만 꺼내고 나가지 않는다든지 성에 찰 때까지 안 놀아준다든지. 혹은 집에 다른 무서운 개나 사람 들인다든지 하면 가끔 토라지기도 한다.

그래도 이 녀석들은 몇 분쯤 후면 기분이 풀려 다시 비칠비칠 다가와 곁을 노린다. 까만 콩 세 개, 세상에서 가장 착한 두 눈과 벌름거리는 코를 가만히 바라보고 있자면, 이 녀석들 귀가 움찔움찔한다. 순간 이름을 부르며 와락 안아주면 개들은 도로 발랄해져서 모로 뛰고 세로 뛰고 꼬순내 풍기면서 품으로 달려든다.

그런데도 사람은 참 잘도 이 무구한 개들을 괴롭힌다. 학대하고 버린다. 어쩌면 개들은 사람의 냄새와 기척으로 이미 다가올 비극을 알고 있는지도 모르겠다. 하지만 여전히 무슨 일이 있더라도 개는 사람을 사랑한다.

이 영화는 개들이 우리를 어떤 눈으로 바라보는지, 곁에 함께 누워 있을 때 무슨 생각을 하는지 알려준다. 얼마나 사람을 사랑하는지, 그걸 위해 어떤 일이든 기꺼이 할 수 있고 또 하는지 보여준다. 개들 생각을 어떻게 아냐고? 아, 글쎄 같이 있어 보면 안다니까.

개의 눈을 너무 오래 보면 안 된다. 껴안고 콩당콩당 뛰는 심장 소리랑 따뜻한 체온을 느끼는 것도 너무 오래하면 안 된다. 이걸 너무 오래하고 있으면 '대체 사람이 개들보다 나은 게 뭐지'라는 생각에 머리가 어지러워진다.

개만도 못한 사람들이 넘쳐나는 오늘날, 부디 이 영화 보고 최소한 사람다워지는 이들이 조금이라도 늘었으면 한다. 곁에 있는, 더러는 무지개 다리 건너편에 먼저 보낸 강아지들을 한 번 더 생각하고, 한 번 더 사랑한다고 되뇌어 봤으면 한다.

Mariana y Martin

xime518   48 videos   Subscribe

{5관}

후배의 연애 하소연을 듣다 부아가 치민 이유
⟨부에노스아이레스에서 사랑에 빠질 확률^{Sidewall, 2011}⟩

우울증, 강박증, 공황증 등 갖가지 장애에 시달리는 마틴은
외부와의 접촉을 최소한으로 줄이고 방 안에서 살아간다.
이질적인 외로움에 시달리는 쇼윈도 디자이너, 마리아나 역
시 좁은 방 안에서만 안심하고 쉰다. 이 둘의 공통점은 사랑
에 실패했고, 실패하고 또 아파한다는 점이다. 그리고 사실
서로 얼굴을 마주볼 수 있을 만큼 가까운 곳에 살고 있지만,
미처 서로를 알지 못한다는 점도 닮았다.

마틴과 마리아나는 사랑의 상처에서 벗어나기 위해 다른
사람을 만나보려 한다. 자신의 일상을 바꾸려고 노력하는
것이다. 물론 쉽지 않다. 그러던 어느 날 은연중 몇 번이나
마주쳤던 마틴과 마리아나, 가장 멀지만 가까운 공간에 있
었던 그 둘이 우연히 서로를 알게 되는데….

에라이 그러면 사랑이 쉬운 줄 알았더냐. 내지르는 자가 사랑을 얻나니

별안간 후배가 연애 상담을 요청했다. 절대 내 연애 경력이 화려해서가 아니다. 그저 이야기를 잘 들어주고 위로하고, 술도 잘 사는 선배를 찾다 보니 내가 보였던 게지. 그는 마음에 드는 여자가 있노라고, 접근하기 위해 갖은 노력을 기울였고, 밤낮으로 문자 정도는 무난히 주고받는 사이까지 다다랐노라고 말했다.

나는 '고백은 도박이 아닌 확인하는 절차'라고 말했다. 그녀석은 확신이 안 서 고백을 미루다 보니 여자와 멀어지기 시작했다고 털어놓았다. 자신감과 자존감이 함께 떨어지고 온갖 섣부른 의심마저 들더란다. 자존감이 어디까지 떨어졌나 물어 보니 "내가 좋아해도 되는지 모르겠다."며 고개를 숙이기까지 했다. 은근슬쩍 화가 났다. 어쩌면 그 옛날 바보 같은 내 모습을 그렇게나 닮았는지 하는 생각이 들어서다.

사랑은 그야말로 기적이다. 수십 년간 전혀 모르던 사람이 만나 친해지고, 말과 감정과 호흡과 온기를 나눈다. 때로 사랑이 현실이 되더라도, 대부분은 안타깝게 사랑이 상상이 되고 말더라도 사랑하는 모든 순간은 기적이다. 기적을 현실로 만든 이는 때로 이 기적을 너무나도 당연한 것처럼 느낄 것이고, 상상으로만 꿈꾼 이는 이 기적을 그야말로 기적으로만 여길 것이다.

그런데 사랑이라는 기적은 사실 아주 쉽게 만들 수 있고 또 만들어진다. 벽을 허물고, 문을 열고 당신에게 다가가는 것이 첫걸음이다. 용기를 내 다가가는 것이 첫걸음이다.

이 영화의 원래 제목은 'Medianeras', 영어로 'Sidewalls', '측벽'이다. 건물의 각을 세우는 이 무채색 측벽은 영화 속 주인공들의 독백처럼 가끔은 불쾌하게 느껴질 때가 있다. 이 벽이 눈을 막고, 사람과 사람 사이를 막고, 사랑하는 것을 막고 우리를 일상에 가둔다. 그래서 우리는 사랑하는 것만큼 두려움을 느끼면서도 끝내 벽을 허물어야 하는 거다. 그래서 우리는 사랑하기 위해 일상에서 벗어나야 하는 거다. 그리고 으레 그 건너편에는 사랑의 기적을 이뤄줄 내가, 그리고 그대가 있을 게다.

이 영화의 화면 구성은 마치 사랑 그 자체인 양 감각적이어서 인상 깊다. 영화 중간중간, 마틴과 마리아나의 독백과 그들의 생각을 표현하는 그림이 나열되는데 이 화면이 특히 이채롭다. 아주 자연스럽게, 예리하게 인물들의 감정을 표현하며 공감을 이끈다. 장면 하나하나가 사진으로 써도 될 만큼 새롭고 아름답다.

또 돋보이는 것이 영화의 정서다. 언어와 문화의 장벽이 있음에도 우리가 이 영화의 정서에 쉽게 공감하는 것은 당연하다.

우리 모두는 외롭다. 외로워서 사랑을 찾는다. 그렇게 때로는 사랑의 환희에, 때로는 이별의 아픔에 웃고 또 운다. 이 모든 것이 사랑의 기적이고, 사랑의 기적을 보고 듣고 느끼는 데 국경이든 나이든 세대든 차이가 있을 리 없다.

나는 얼큰히 취해 후배에게 말했다. "사랑에 자격이 어딨냐. 그냥 쫄아서 무서운 거지. 주변에 이야기해 봐야 결국 미래는 너랑 그 여자분 둘이 만드는 거 아니냐. 말을 하면 후회든 기쁨이든 둘 중 하나가 남겠지만, 이대로 뭉개고 있으면 너 후회밖에 안 남는다?"

그 후배와 여자의 뒷 이야기는 상상에 맡긴다.

그때는 선택과 결정이 그렇게 두려웠지
〈미스터 노바디Mr. Nobody, 2009〉

118세 노인 니모 노바디는 죽음을 앞두고 지난 날을 회상한다. 태어날 때부터 선택의 연속이었던 그의 삶. 그는 삶을, 부모를, 연인을, 더러는 죽음을 선택한다. 그의 선택에 따라 삶은 다양한, 극적인 형태로 바뀐다.

수십 갈래 선택지와 수십 갈래 길로 나뉜 그의 인생이지만, 각각의 삶은 시간과 공간의 구애를 받지 않고 자유롭게 마주치고 또 엇갈린다. 과거가 그의 선택에 영향을 미치고, 그 선택에 따라 무수한 지금과 미래가 만들어진다. 그렇지만 모든 미래는 종착지인 죽음에서 만난다. 이윽고 모든 것이 마지막을 향해 치닫는 그 순간 니모는 흐뭇하게 웃는다. 눈을 감은 니모 노바디의 앞에 살아 있을 때는 알지 못했을 또 하나의 미래가 다가온다.

나이가 든다는 것은 선택뿐 아니라 결과까지 오롯이 감당하게 되는 것

일을 하다 보면 이른바 '큰 결정'을 해야 할 때가 온다. 내 선택에 따라 나와 내 팀, 회사의 미래가 결정될 때가 적어도 한 번은 온다. 이럴 때 예나 지금이나 성격이 소심하고 유약한 나는 선택을 망설였다. 이리저리 궁리하고 시나리오를 예상해 대비해도 뭔가 비었다는 느낌, 곧 실패로 이어질 듯한 느낌을 지울 수 없었다. 그러니 쉽게 결정할 수 없었다. 크든 작든 나는 '실패'가, 실패의 방아쇠를 당길까 봐 '선택'이 정말 두려웠다. 여러분은 그렇지 않은가?

철학자 키에르케고르가 읊었다. 의식의 수만큼 절망이 존재한다고. 나는 그곳에 있는 것이 절망뿐은 아니라고 반문한다. 의식은 삶의, 시간의 꼬리를 붙잡고 흐른다. 그 과정에서 우리는 수많은 선택의 기로에 놓인다. 얼기설기 얽힌 철로 같은 삶의 선택지, 한쪽을 선택하는 순간 우리에게는 두 가지 미래가 생긴다. To be or Not to be. 그 미래 역시 얽힌 철로와 같다. 발 아래를 보면 마주칠 일이 없을 것 같지만, 먼 시간을 내다 보면 맞닿아 있는 인생의 철로.

그리고 우리는 삶의 어느 순간에 발걸음을 멈추고, 지나온 시간의 철로를 뒤돌아보게 된다. 어떤 길은 굽이굽이 소용돌이치듯 험난했고, 또 어떤 길은 신작로처럼 평탄하고 안온했으리라. 그렇지만 우리는 가 보지 못한 길을 아쉬워할 수 없다. 따지고 보면 그럴 필요도 없다.

선택에 따른 결과는 내 몫, 그 결과가 만들어낸 시간의 철로는 온전한 나만의 것이다. 이처럼 빈약하지만, 또 이처럼 매력적인 삶 가운데 수놓아진 선택과 결과의 하모니는 결과를 따질 것이 아니었다. 그 자체로 아름다운 덕분이다. 그 자체로 내 삶인 덕분이다.

이 영화는 니모 '노바디Nobody'라는 인물을 내세워 삶의 선택과 결과에 대해 이야기한다. 때로는 현실적으로, 때로는 몽환적으로 그려낸다. 선택에 따라 나뉘는 듯하면서도 또 서로에 영향을 미치는 삶과 삶들을 이 영화는 그야말로 마법처럼 하나로 자아냈다. 감독은 그중 각각의 삶을 지탱하고 하나로 엮는 기둥을 누구나 공감하는 '사랑'으로 삼았다. 실로 완벽한 선택이다.

그래. 어쩌면. 내가 그때와 다른 선택을 했고 또 다른 미래를 만들었다면. 내가 그때 당신을 만나지 않았더라면. 그 말을 하지 않았더라면. 그리고 그때의 나를 머잖아 다시 마주친다면, 나는 내게 어떤 이야기를 할 것인가? 태어난 시기로 돌아가야 할 시간, 선택지를 고르는 내 눈에 비칠 그대의 모습은 어떨까?

이 영화는 우리가 살면서 곧잘 마주치는 선택, 그 순간의 결과와 결과들에 바치는 정중한 찬사다. 이 영화를 보고 나면 어떤 선택이든 자신 있게 하게 될 것이다.

산뜻하고 경쾌하기 짝이 없는, 이 영화의 마지막 장면이 보증한다.

{7관}

꽃과 나무가 옷 갈아입는 '봄', 꼭 기억해야 할 영화
〈지슬[2013]〉

1948년, 제주도. 뭍에서 온 자들에게 잘못 보이면 하루아침에 그 무서운 '빨갱이 폭도'로 몰린다는 소문이 돌자 주민들은 삼삼오오 모여 피난을 떠난다. 하지만 하루아침에 청천벽력처럼 전해진 이 소문을 순박한 주민들은 도무지 믿을 수 없었다.

잘못 전해진 소문이라 생각해 집에 남은 영감님. 더러는 으레 부는 거센 바람처럼 금방 지나가리라 생각한 할머님. 폭도로 몰리는 것보다는 집에 두고 온 돼지가 배고플까 걱정하는 총각. 심란한 이 시기에도 한 마을 처녀가 눈에 들어와 볼이 발개진 동생과, 그 동생을 보며 나는 장가를 갈 수 있을까 걱정하는 형. 너 나 할 것 없이 서로를 아끼고 생각했던, 삶은 감자 한 알도 나눠 먹던 이 순수한 주민들에게 누군가 총구를 겨눈다.

이제 숨 죽이며 부르지 않아야 할 스러져 간 순박한 이들의 넋을 기리는 진혼곡

해마다 꽃 피고 새 지저귀는 4월이 오면, 가슴속 응어리 진한을 곱씹고 또 곱씹는 이들이 있다. 불과 수십여 년 전, 무구하고 순박한 이들이 붉디 붉은 거짓 이념의 총칼에 찔리고 베여 스러졌다. 따스해야 할 봄의 어느 날 제주에서는 동백꽃 대신 무구한 이들의 붉은 피가 흘렀다. 제주 4.3 사건이다.

정당화할 수 있는 살인은 없다. 더군다나 순박하기 그지없는 이들의 억울한 죽음은 정당화를 따질 차원 이전에 결코 있어서는 안 될 일이라 하겠다. 그럼에도 이미 일어난 이 비극을 우리는 해마다 곱씹고, 더러운 왜곡이 묻지 않은 순백색 순결한 기록으로 남겨야 한다. 그들의 넋을 위로하며 다시는 되풀이하지 않겠다고 다짐해야 한다.

그저 하루를 살던, 죄 없는 주민들이 영문도 모른 채 총칼에 피를 흐리며 스러졌다. 그런데 이 학살극을 왜곡하고 정당화하려는 이들은 수십 년째 건재하다. 잘못이 없다며 목소리를 높인다. 더러는 이들을 추앙하기까지 한다. 그렇기에 우리는 영화를 포함한 미디어를 통해 반면교사 삼아야 하는 게다. 총칼로 주민들은 살해할 수 있었겠지만, 진실과 기록은 그렇게 할 수 없을 테다.

그들은 그저 어머니를 보살피고 싶어 한, 자식처럼 키우던 돼지에게 밥 한 끼 퍼주고 싶어 한 순진한 사람들이었다. 배 곯는 이웃에게 감자 한 알 나눠주고 싶어 한 낯 붉히며 마을 처녀를 좋아할 뿐이었던 무구한 사람들이었다. 힘든 가운데 하루를 살며 웃고 즐기던 이들의 일상이 이지러진다. 불합리한 압제가 그들의 일상을 송두리째 부숴버린다.

이 일상이 가짜 이념으로 뒤덮히고, 그들이 '억울하게' 죽어야 할 이유가 됐다. 이들의 억울한 죽음이 시사하는 바는 무엇일까? 바로 '오늘날 당신과 우리의 죽음'이다. 지금 당신과 우리의 일상조차 때로 억울한 죽음의 이유가 될 수 있다는 것이다. 이것을 되풀이해서는 안 된다는 메시지다.

이 영화는 무고하게 흩어진 수만 명의 넋을 기리기 위해 만들어진 진혼곡이다. 그에 어울리게, 이 영화의 모든 것이 눈이 부시게 아름답고, 또한 가슴이 아리도록 슬프다. 영화의 얼개는 느슨해 보일지 모르나, 구성이 잘 짜여져 도무지 긴장을 놓지 못하게끔 한다. 영문도 모른 채 학살당한, 무구한 제주도 시민들에게 보내는 위로와 헌사, 진혼의 메시지가 화면 가득 펼쳐지는 클로즈 업 장면을 보자. 슬프도록 아름다운 그 광경을 보면 온몸에 돋은 소름과 눈물이 고스란히 가시가 돼 가슴 속을 헤집는다.

영화의 마지막, 희생자들의 넋이 조금이나마 안식을 찾았으면 하는 감독의 마음이 스크린을 찢어발기고 관객들의 가슴에 들어와 박힌다. 마치 내 가슴이 그때 그들처럼 피를 흘리는 듯한 느낌마저 든다.

물론 이 영화는 개봉 당시 앞서 언급한 이들 때문에 이념 갈등의 희생양이 됐다. 괜찮다. 이 영화를 본 '관람객'들은 익히 알겠지만, 이 영화는 '영화를 보지 못한 채 폄훼하고 왜곡하는 그들'에게도 따뜻하고 푸근한 '지슬' 한 알을 건네는 순박한 작품이다. 그러니 그들에게 분노할 필요는 없다. 그들 역시 피해자다. 자신의 오해와 잘못조차 모르는 피해자다.

그렇기에 이 영화를 보고 나면 눈물이 끊이지 않는 거다. 지금도 이들의 진혼곡은 울려퍼지고 있다. 지금도 이들에게 향했던 총포는 서로를 겨누고 있는 거다. 이 영화의 마지막 장면을 보고도 악담과 폄훼와 비난을 퍼붓는 '고중사' 같은 이들은 지금도 늘어만 가고 있다.

영화 제목인 '지슬'의 의미와 미장센이 비극이 일어난 1948년을 지나 이 영화가 개봉한 2013년, 심지어 거기에서 또 십여 년이 지난 지금까지 꿰뚫고 있다는 점을 알게 되면, 당신 역시 나처럼 봄마다 그들을 떠올리며 눈물을 흘리게 될 것이다.

저 강변 극장

{8관}

여름밤, 매캐한 꿈에 취한 이들을 건져올릴 영화
⟨지구 최후의 밤 Long Day's Journey into Night, 2018⟩

뤄홍우는 사라지지 않은 온갖 기억이 비틀어져 엄습하는 고향을 등졌다. 아버지의 부고에 고향을 찾은 그는 이내 자신의 기억 가운데 가장 만나고 싶으면서도 두려운 기억, 옛 연인 완치원의 흔적을 찾는다.

온갖 상념과 회한에 지끈거리는 머리, 잠깐 자리에 누워 눈을 감은 뤄홍우의 앞에 별안간 또 다른 밤의 풍경이 다가온다. 꿈이라고 하지만, 눈 한 번 깜박일 수 없을 만큼 현실 같다. 꿈이라고 하기에 앞으로 일어날 모든 것을 알 수 있다. 그렇기에 으레 다가올 후회를 몸서리쳐지게 두려워할 수밖에 없다. 혼란스러운 와중에 꿈은 이미 흐르기 시작했다. 뤄홍우는 움직인다. 꿈을 맞는다. 몽환적인 공간과 현실 같은 감각, 그 사이로 잠에서 깨어나면 두 번 다시는 마주치지 못할 '지구 최후의 밤'이 흘러간다.

기적처럼 당신과 만난 이 달콤한 꿈이 끝나는 순간이 곧 지구 최후의 밤이외다

사실 나는 지금도 종종 옛 연인과 만나는 꿈을 꾼다. 헤어졌으니 우리가 나눈 약속의 말들의 빛은 이미 한참 전 바래졌을 터다. 불이 꺼진 등, 다 타고 만 촛불에 미련 따위 전혀 남지 않았지만, 그럼에도 한때 내 마음을 베어내 건네준 당신들이기에 포근한 기억만은 언제까지고 몸과 마음에 남아 있을 테다. 그러니 꿈 속에서 고맙디 고마운 당신에게 헌사를 보내는 것 정도야 용서해줬으면 한다. 어차피 잠에서 깨면, 꿈이 그치면 모든 것이 무너져버릴 것이다.

어쩌면 나는 당신과 만난 순간 이미 꿈 속에 빠졌던 거다. 어쩌면 아직도 깨어나지 못한 거다. 그게 아니고서야 당신이라는 기적과 마주친 이유를 도무지 설명할 방법이 없다.

당신과 거닌 공간이며 함께 보낸 시간도 모두 꿈이었을까. 현실에는 당신이 없으니, 그렇게 생각할 법도 하다. 그저 나는 환상이었기에 다가올 이별을 알면서 바꾸지 못했다고, 내 노력이 기적의 경계에 채 닿지 못해 꿈에서 깼다고 핑계를 대본다.

그럼에도 나는 또 눈을 감고 밤 속으로, 잠 속으로, 꿈 속으로 바이크와 수레를 타고 떠난다. 그 속에는 꿈의 파편처럼 흩어진 당신과의 기억이, 채 짜맞추지 못한 우리의 미래가, 눈물과 함께 흘려보낸 회한이, 후회로 점철될 허망한 다짐이 실낱 같아 더 애달픈 재회의 기대가 있다.

꿈에서 깬 지금 고백하건대 내 강팍한 삶 속 유일하게 의미 있던 시간은 당신이 내 옆에 있던 그때뿐이었다. 그리고 또 고백하건대 나는 현세를 벗고 늘 꿈에서 당신의 그림자며 잔향을 애타게 뒤쫓고 있다.

눈 뜨면 다시는 맞지 못할 지구 최후의 밤. 누군가는 용케 꿈 속에서 기어코 기적을 찾아 입맞춤한 모양인데 내 꿈 속 어딘가 헤메고 있을 당신은 대체 언제쯤 다시 다가와줄까.

아주 색다른 영화다. 잠들기 전 떠오르는 편린의 기억처럼 난잡한 장면과 구성, 수수께끼 같은 대사가 초반에 펼쳐진다. 중반에 다다르면 영화는 관객을 자리에서 끄집어내 몽환적인 화면과 나른한 음악이 지배하는 꿈 속에 내동댕이친다.

그 꿈의 공간에서 영화 속 대사와 장치가 맞물린다. 또 다른 의미와 오해와 갈등과 해후와 사랑과 미래가 만들어진다. 끝나지 않을, 아마도 현실에는 없을 꿈의 공간에서 영원히 타오를 불꽃을 보고 있으면 어느 사이에 당신의, 옛 기억의 꿈을 꾸고 싶어진다. 부질없는 기대에 몸을 맡기고 싶어진다.

꽤 위험한 영화가 아닐까 싶다. 질펀히 술이라도 먹고 또다시 이 영화를 봤다가는, 그날 밤 어떤 당신이며 또 어떤 꿈과 만날지 감히 상상조차 못하겠다.

{9관}

가을 낙엽이 떨어진다. 또 이별을 맞았다. 술을 마시고 영
화를 봐야겠다
〈사랑에 빠진 것처럼 Like Someone in Love, 2013〉

대학생이자 콜 걸, 아키코는 자신에게 집착하는 연인 노리
아키 때문에 늘 좌불안석이다. 손님으로 노교수 다카시를
만나게 된 아키코는 그와 하룻밤을 보낸다. 그런데 이 늙은
교수님, 이전에 만났던 손님과는 사뭇 다른 모습을 보인다.
그러던 중 공교롭게도 아키코와 다카시의 밀회를 노리아키
가 알게 된다. 난처해진 아키코와 다카시는 이를 모면하기
위해 이야기를 꾸며낸다.

우리는 사랑을 안다고 지껄인다. 진지한 착각과 허상에 빠진 주제에

그래. 또 또 또 사랑에 실패했다. 이별의 횟수가 한 손으로는 세지 못할 만큼 많아진 이후에는 사실 정확한 횟수를 세지도 않았다. 나이와 경험만큼 연륜이 쌓이고, 그만큼 망해도 멋지게 망하는 법을 배운다고 한다. 그럼에도 사랑만큼은 어떻게 이뤄야 할지 도무지 모르겠다.

사랑이란 뭘까, 예나 지금이나 정말 어렵고 또 이채로운 문제다. 하지만 답이 있을 리 없다. 그렇기에 우리는 늘상 사랑을 만나고 그에 실패하면서도 또 다른 사랑을 찾아 헤멘다. 나이나 성별, 장소와 시간의 구별 같은 것이 있을쏘냐. 늙든 젊든, 남자든 여자든, 일방적이든 상호적이든, 사랑의 형태는 숨 쉬는 공기처럼 자연스레, 그 가운데에서도 거친 기침을 만들어내는 불규칙한 호흡처럼 부지불식간에, 피할 수 없는 순간에 다가온다.

영화 속 주인공들의 모습은 옳다. 아키코는 사랑의 방향이 엇나갔음을 알면서도 그저 그를 바라보기만 하며 바꾸려

하지 않는 수동적인 연인이다. 다카시는 연륜과 경험을 내세워 상대를 묵묵히 감싸고 포용하는 사랑을 고집하는 연인이다. 노리아키는 넘치는 애정을 주체하지 못한 채 격렬하고 즉흥적인 사랑의 양상을 그리는 연인이다.

이 세 주인공이 그려내는 사랑의 모습에 우리는 공감하고, 부끄러워하면서도 결국 무엇도 배우지 못하는 거다. 사랑에 빠진 이들, 당신과 나의 맹목적인 모습이란 실로 이렇다. 그리고 그렇기에 우리는 겪을 때마다 다른 양상을 띠는 그 사랑에 빠진다. 그 열병을 앓고 앓고 또 앓고 나서도 잘도 거푸 빠진다.

영화의 마지막 장면, 산산히 부서지는 그 파열음은 정신 차리라며 감독이 우리에게 던지는 메시지다. 스탭 롤이 올라가며 나즈막히 흘러나오는 OST 〈사랑에 빠진 것처럼〉은 얼굴을 붉게 만드는 질책이자 따뜻한 조언이다. 감독이 내게 던진 돌이 이윽고 내 지난 날의 사랑에 커다란 상처를 내고 말았다.

괜찮아. 아물 거야. 조심해. 사랑하면 또 상처입을 거야. 그렇다고 여기서 도망칠 거야?

이 영화를 보고 나서 당신이 느끼는 감정은, 곧 당신이 고집

하는 사랑의 형태다. 한편으로는 얼른 깨달아야 할 진지한
착각일 수도 있겠다.

별빛과 음악이 도시를 비추는 겨울에 어울리는 영화
⟨라라랜드 La La Land, 2016⟩

라라랜드는 공기처럼 예술이 흐르는 도시다. 온갖 생각과 주제와 감상과 상상, 무엇이든 현실로 만들 수 있는 도시다. 숱한 예술가가 희망을 찾아 이 도시로 흘러오지만, 이내 그 희망보다 무거운 우려와 현실을 짊어지고 고개를 떨구며 떠나기도 한다.

이곳에 설레는 발을 딛은 배우 지망생, 미아는 같은 이유로 흘러들어온 피아니스트 세바스찬과 만난다. 음이며 박자 모조리 틀어지는 엉터리 합주처럼, 비뚤빼뚤 어긋난 연필 스케치 선처럼 꽉 막힌 채 마주친 둘의 첫 인상은 그야말로 최악이었다.

라라랜드의 밤에서는 언제나 아름다운 선율과 예술의 영감이 흘러넘친다. 이 밤의 한가운데에서 우연히 만난 미아와 세바스찬은 엉망진창이었던 첫 인상을 지우고, 예술의 영감을 함께 나누는 기적을 만드는 데 성공한다. 세바스찬의 연주와 미아의 연기가 어우러져 흐른 세 계절, 숱한 사랑과 다

툼과 격려와 질투, 미움과 애증이 뒤섞인 그 계절이 끝날 무렵. 미아와 세바스찬은 새로운 만남과 이별을 준비한다.

한때 미아와 세바스찬의 머리를 동시에 울린 멜로디 〈City of Stars〉. 만남과 이별이라는 환상적인 순간 이 음악에 빠졌다 깨어난 둘은 각기 다른 선택을 한다.

우리는 이 음악의 도시 한가운데 어디쯤 있는 거지

생각해 보니 봄, 여름, 가을, 겨울 모두 사랑 영화 이야기를 하게 됐다. 별 수 없다. 아니 당연하다. 1년 내내, 아니 어쩌면 삶을 사는 동안 우리는 끊임없이 사랑할 수밖에 없다.

나는 아직도 영화며 음악, 그림이며 연기 등 예술을 당신 다음으로 사랑한다. 저마다의 삶이란 저마다의 예술이다. 모두 각자 다른 악기로, 몸짓과 펜터치로, 목소리와 연기며 개성으로 자신의 삶을 조율하고 그리고 연주한다.

그러다 보면 누구나 내 예술을 이해하고 인정하고, 높은 곳으로 발돋움하도록 올려주는 누군가를 만나게 된다. 살아가는 이유를 더욱 짙게, 내가 읊는 삶의 시를 더욱 풍만하게 만들어주는 사랑하는 이와 함께하게 된다.

사랑하는 이와 함께하는 삶이란 하루하루가 얼마나 극적인지, 얼마나 희극인지, 얼마나 기적 같은지 모른다.

그럼에도 예술은 늘 미완이다. 늘 실수한다. 악기를 연주하는 손가락은 어긋나고, 노래하는 목소리는 꺾이고 그림의 붓칠은 빗나간다. 춤 동작과 표정은 무뎌지고, 연기는 초라해져 손끝에 조금의 감정도 싣지 못하게 된다. 그리고 항상 그때 예술가를 보는 뮤즈의 눈길은 차가워진다. 예술의 열정조차 차갑게 얼어붙은 심장을 녹이지 못하는 그때가 당신에게 상처를 입게 되는 순간이다.

베어진 가슴, 균열이 간 미래에 다시금 따뜻한 예술의 피가 돌더라도 이미 내 심장은 당신의 것이 아님을 알게 될 뿐이다. 이미 당신의 눈은 나와 다른 곳을 응시하고 있다는 것을 깨닫게 될 뿐이다. 어긋난 박자, 삐져나온 붓터치, 어색해진 색채와 빛을 잃은 무대, 당신이 없는 그 시간과 공간에서 이윽고 우리는 예술과 삶을 자아낼 손가락을 잃고 만다.

그렇지만 그마저도 또한 삶이자 예술이다. 악보와 도화지가 빈 것이 아니다. 공연과 연기의 장면이 끊어진 것도 아니다. 그저 이전과는 다른, 새로운 예술을 만들게 된 것뿐이다. 물론 거기에는 은연중 나를 바꿔놓은, 당신과의 합주와 당신의 기억이 녹아 있다. 잊히지 않는다. 사라질 수 없다.

꼭 같이 있지 않더라도, 더러는 헤어졌더라도 당신의 흔적과 기억, 주고받은 그 말과 또 이야기는 이미 내 삶의 과거와 미래를 바꿔놓았다. 다가올 삶의 방향을 조율하고 이미 지나간 과거마저 바꾸는, 불가능을 가능으로 바꾸고 죽음마저 삶으로 치환할, 기적과도 같은 예술이여!

오프닝과 엔딩, 화면과 음악, 구성과 흐름. 이 영화의 모든 것이 세차게 맥동한다. '마법과도 같은 영화'라는 멘트가 이 정도로 어울리다니 놀랍다.

{11관}

절망과 비극이 다가오더라도 꿋꿋하게, 의연하게
⟨터치[2012]⟩

동식은 국가대표 사격 선수였지만, 술 때문에 모든 것을 잃고 중학교 사격 코치로 일한다. 동식의 아내 수원은 간병인이다. 빈곤에 시달리다 가족에게 버려진 환자를 요양원에 넘기고 돈을 받기도 한다.

동식은 중학교 사격 코치 재계약을 앞두고, 또다시 술을 마시고 운전을 한다. 그러다 제자를 들이받는 사고를 내고, 도망치다 경찰에 붙잡힌다. 수원은 동식의 합의금을 만들기 위해 간병하던 환자의 성적 요구를 받아주다가 발각돼 해고된다.

설상가상으로 동식과 수원의 딸 주미는 집을 나가 연락을 끊는다. 온갖 절망에 짓눌린 동식은 순간 그의 삶에 있어 가장 큰 비극을 자기 손으로 빚어올리고야 마는데….

절망 속에서 피어오르는 희망이 얼마나 값진지

서른쯤 정말 힘든 일이 많았다. 몸과 마음이 너무 힘든 나머지 하루에 식사 한 끼도 제대로 하지 못했다. 이상하게도 배가 고프지 않았고, 음식을 입 가까이 대면 입술이 거부했다. 밤에도 한두 시간쯤 눈을 잠깐 붙이는 것이 고작이었다. 눈을 감을 때마다 마주치는 그 어둠이 나를 집어삼킬 것만 같았다. 잠을 제대로 못 잤지만, 정신은 맑았다. 그 맑은 정신이 온통 절망만을 키우는 것이 문제이긴 했다. 그때 이 영화를 만났다.

대체 삶이란 희극일까 비극일까. 나는 비극이라고 생각한다. 비극과 절망은 언제나 힘겨운 순간에만 찾아오기 때문이다. 온갖 절망에 긁혀 피를 철철 흘리는 지금 이 순간이 삶 가운데 최악의 상황일 거라며, 조금만 버티면 지나갈 거라고 자조한다. 후들거리는 다리와 정신을 붙잡고 힘겹게 일어서려 한다.

그 찰나 또 하나의 비극이 여지없이 내 정수리와 뇌간을 바수고 심장마저 꿰뚫고 지나간다. 또 다른 빛깔의 절망으로 우리를 몰아넣는다. 삶의 밑바닥에 얼굴을 갈고, 먼지 맛을 보며 쓰러지는 순간 뻐개진 가슴이 맛볼 붉은 피의 맛, 그리고 잿빛 절망의 피가 혈관을 바드득 바드득 긁으며 흐르는 기분을 이 영화를 보면 충분히 느낄 수 있을 게다.

동식과 수원에게는 끊임없이 절망이 찾아온다. 제 정신으로는 버틸 수 없을 만큼의 절망이 둘을 엄습하고 이들은 거기에서 벗어나기 위해 발버둥친다. 그럼에도 도무지 구원이라고는 보이지 않는다. 오히려 발버둥칠수록 이들이 딛고 있는 발밑은 무너져만 가고, 마침내 마지막 디딤돌마저 허무하게 바스라지고 만다.

모든 것을 포기할 법한 순간 이들을 어루만지는 손길이 다가온다. 역설적으로 절망 속에서 찾아낸 손길이다. 영화가 클라이맥스로 흐르는 결정적인 순간 이 영화의 메시지와 진가가 드러난다.

이 영화의 은유는 상투적이라고도 볼 수 있지만, 너무나도 극적으로 발현해 폭발적인 감성을 안겨다준다. 결말에 다다라 산산히 부서지는 절망 속에서 희망이 피어오른다. 그렇게 기다리던 희망이다. 구원이다. 삶이다. 이를 마주친 동식과 수원의 흐느낌. 그간의 회한이며 피폐해진 삶을 모조리 짜내고 토해내는 그 둘의 모습이란….

사람은 누구나, 언제나 자기가 처한 상황이 가장 힘들다고 생각하기 마련이다. 이런 상황에서는 어떤 위로든 입발린 소리로 들릴 테다. 자기 자신이 답을 찾아야 한다는 판에 박힌 조언 따위 도움이 될 리 없다.

이 영화는 관객에게 메시지를 던진다. 어떤 절망의 순간이라도 희망은 찾아온다. 그 희망이 찾아와 나를 어루만지더라도 기적 따위 일어나지는 않는다. 하지만 일어날 힘 정도는 준다고. 자신의 두 다리로 절망을 딛고 일어나는 그 순간이 바로 기적이라고 말한다.

이 영화를 볼 때 극장 관객은 나를 포함해 세 명뿐이었다. 영화가 끝나고 스탭 롤이 모두 올라간 후 나는 혼자 일어나 미친 것처럼 울면서 박수를 쳤다. 후련해진 마음, 가벼워진 발걸음으로 극장을 나섰다. 서른쯤 나를 괴롭히던 절망과 비극에서 한 발 빠져나온 순간이기도 했다.

{12관}

진실은 존재하는 것이 아니다. 만들어질 뿐
〈더 헌트 The Hunt, 2012〉

루카스는 성실하고 모범적인 유치원 교사다. 이혼 후 고향
으로 내려온 그는 아들과 새 삶을 살려고 한다. 마침 직장
도 잡았고, 새 연인도 만나는 등 모든 것이 순조롭게 풀리고
있었다. 루카스가 가르치던, 한 어린 소녀의 거짓말이 입술
밖으로 떠나기 전까지는.

루카스는 어린 소녀에게 성 범죄를 저질렀다는 누명을 쓰고
만다. 필사적으로 해명하고 결백을 주장하지만, 이미 마을
사람들은 루카스에게 성 범죄자라는 낙인을 찍는다. 낙인
이 찍힌 자에게는 낫과 곡괭이, 돌덩어리가 내던져진다.

루카스는 결심한다. 자신의 결백을 증명하기로, 삶을 놓지
않기로, 왜곡을 벗기고 진실을 밝히기로.

집단이 언제나 현명한 것은 아니고, 진실이 늘 진실인 것도 아니니

신문, 뉴스만 보면 머리와 가슴이 함께 답답해진다. 예전에도 그랬지만, 요사이에는 더욱 그렇다. 사실 같은 거짓과 거짓 같은 사실, 있어서는 안 될 일들과 이미 일어난 비극들이 아무렇지도 않게 일어난다. 아무렇지도 않게 소비됐다가 아무 일 없었다는 듯 사라진다.

진실이 모호해진, 그야말로 혼돈의 시대다. 어떤 뉴스와 정보든 곧이 곧대로 믿어서는 안 된다. 어떻게 왜곡되고 얼마나 엉뚱한 것이 덧씌워졌는지 알 수가 없다. 그렇다고 또 모든 뉴스와 정보든 의심하는 것도 곤란하다. 의심은 진실을 볼 수 있는, 진실을 추론하고 판단할 수 있는 이성을 마비시키는 마약이다.

집단 지성은 이미 어떤 도움도 주지 못한다. 오히려 비대한 몸뚱어리를 앞세워 진실을 깔아뭉개고, 거짓과 기만과 편견으로 가득찬 거짓 진실을 강요한다. 아아, 진실은 마침내 이긴다고 누가 읊었던가.

최근 불편한 진실을 고발하는 영화가 많이 나오고 있다. 이 작품 역시 마찬가지다. 듬직한 아버지이자 친절한 선생님, 즐거운 친구인 한 남자의 모든 것을 두 시간여 러닝 타임에 걸쳐 남김없이 파괴한다. 그런데 그 무기가 놀랍게도 '진실'이다. 진실이 망실되자 밀실에서 실현된 거짓 진실이 그의 현실과 실체를 상실시키고야 말았다.

진실이 대립하는 순간 사람은, 집단은 정말 아무렇지도 않게 진실에 주관을 주입해 호도한다. 덧대어진 주관과 편견으로 얼룩져버린 가짜 진실은 가벼울수록 삽시간에 번져나간다. 놀랍게도 정작 진짜 진실은 철저히 배제된 공감만을 낳는다. 여기까지 일이 벌어지면 이제 진실은 중요하지 않다. 중요한 것은 호도된 분노와 어긋난 공감을 감당해야 할 '희생양', 아니 '사냥감'이 누구인지다.

기술 면에서 이 영화는 놀라울 정도로 완성됐다. 등장 인물들의 감정이 스크린을 찢고 나와 관객들의 폐부를 간지럽히며, 영화 속 각종 장치며 은유들도 기가 막힐 정도로 잘 어울리고 또 맞아떨어진다.

특히 주인공 루카스의 심정과 개성이 한 순간 바뀌는 그 시점 그의 시선(포스터에 나온 그 장면이다), 그리고 '진실'을 말할 때 묘하게 입끝을 연신 찡그리는 클라라의 모습은 정말이지 '이래서 배우다'라는 생각이 들 수밖에 없게끔 한다.

이 영화에는 꿈도 희망도 없다. 대부분의 영화는 마지막에는 낙관과 희망을 그리지만, 이 영화는 마지막까지 차가운 시선을 유지한다. 관객을 지긋이 응시하는 그 시선이 제법 따갑다. 왜냐면.

우리는 이 영화를 보고 분노할 자격 따위 없어서다. 진실을 발견하는 것이 아니라 꾸미고 왜곡하고 만들어온 것은, 그 날이 선 가짜 진실로 다른 사람의 심장을 거리낌없이 그어버리던 것이 나와 당신 아니었나.

영화의 마지막 순간 내가 너무나도 놀랐던 이유는 단언컨대 총 소리 때문은 아니었다. 루카스는 진실을 찾아냈고 이겼지만, 결코 승리한 게 아니다. 왜냐면 그를 비웃듯 지금 이 순간에도….

대체 왜 내 사랑은 대개 실패하는 거야
〈사랑이 뭘까 What is Love, 2018〉

여대생 야마다 테루코는 남학생 타나카 마모루를 사랑한다. 그래서 테루코는 마모루에게 몸과 마음, 지금과 미래를 송두리째 바친다. 테루코는 행복하다며 짓는 웃음에는 한 점 티끌도 없다. 마모루는 테루코가 아닌, 츠카고시 스미레를 좋아한다. 스미레의 자유분방함, 매력이자 마력에 매료돼서다. 좀처럼 자신의 구애를 받아들이지 않는 스미레지만, 괜찮다. 테루코가 마모루를 짝사랑하는 이유와 비슷하겠다.

스미레는 테루코의 친구, 요코를 짝사랑하는 나카무라가 안타깝다. 하지만 두 사람의 사랑은 온전히 둘만의 것. 오지랖은 금물이라는 것을 알기에 술기운에만 한두 마디 참견할 뿐이다. 나카무라는 자신의 사랑을 받아들여주지 않는 요코에 대한 서운함을 테루코에게 처음이자 마지막으로 털어놓는다.

사랑은 특권이다. 하지만 이 특권은 아무나 열어볼 수는 있어도 아무나 가질 수는 없다. 네 젊은이가 저마다 사랑의 특권을 눈앞에 둔 채 헤메이고 행동하고 좌절하고 상처입는다. 대체 이 가공할 사랑이 뭘까.

그러게요. 사랑이 뭘까요? 답이 없지 않나요

사랑이 뭘까. 답이 있을리 없다. 그렇지 않고서야 언젠가 그 날 밤, 이별에 몸과 마음이 갈기갈기 찢겨 울고 또 울 이들이 이리도 많을리가 없다. 이것은 내 마지막 이별의 기억이다. 그 기억에 보내는 편지다.

사실 사랑이 기적이라고 생각한 적은 있다. 먼 곳에서 애타게 바라만 보던 당신이 내 곁에 다가와 내가 건넨 마음을 받는다는 것은 기적이다. 서로 천천히 알아가며 같은 시간과 공간을 함께한다는 것 역시 기적이다.

하지만 이내 그 기적 같은 시간마저 과거 언젠가 그날 밤이 되고야 만다. 그러면 또 으레 다가올 이별에 울고 또 운다. 그러다 또 기적을 만나고, 또 과거가 되고, 또 울기를 거듭한다. 그래서 내린 결론이다. 사랑이 뭘까? 답은 없다. 그러니 하고 싶은 대로, 느끼고 싶은 대로, 말하고 싶은 대로 하면 된다.

사랑에 빠진 누군가는 무엇이든 주는 것만으로, 상대를 생각하는 것만으로 기쁨에 겨워 행복해할 것이다. 받지도 못하면서 주기만 하는 바보 같으면 어떤가. 간혹 이 방향이 어긋나 집착이 되면 어떤가. 그저 나만 좋으면 됐다.

또 누군가는 자신에게 쏟아지는 사랑을 알지도 못한다. 사실 정말 모르는건지 짐짓 모르는 체하는 건지도 모르겠다. 괜찮다. 그런 이들은 언젠가 사랑이 떠난 후 늘 뒤늦게 깨닫는다. 그때부터 일어나는 진부한 스토리는 굳이 이야기할 필요도 없겠다.

물론 곁에서 이 답답한 연인들을 보면서 속 뒤집어져 화를 씩씩 내는 이도 있을 거다. 뭘 그리 열을 내나? 열 내지 말고 당신 옆이나 보라. 당신에 대한 사랑이 들킬까 두려워 꼴딱꼴딱 숨 넘어가는 사람 안 보이나?

답답해하지 말자. 모두가 그들이 스스로 선택한, 가장 충실한 시간이고 가장 적확한 사랑을 이룰 방법이다. 물론 안타까워할 필요도 없다. 우리는 안다. 사랑에 빠진 이의 눈은 먼다. 오로지 상대만 볼 뿐이다. 엇갈린 시선과 흐트러진 마음을 깨닫고 달콤한 미망에서 깨더라도 괜찮다. 누군가를 사랑했던 그 시간은 바꾸거나 지울 수 없을지언정 엄연히 기억으로 남는 덕분이다.

사랑을 비웃을 자격 따위 누구에게도 없다. 그들은 당신이 아니라 그를 사랑하고 있는 것이다. 당신이 그가 아니라면 조용히 하자. 응원도 고맙지만 사양하자. 그래야 이 사랑을 오롯이 우리만 알 수 있는, 우리만 만들 수 있는 걸로 할 수 있지 않겠나.

장삼이사, 각양각색. 이처럼 우리 모두 사랑을 접하고 느끼고 말하고 행동하는 방법이 모두 다를진대 그러면 아까 물음에도 이제는 쉬이 대답할 수 있겠다. 그러니 묻겠다. 사랑이 뭘까?

고생 끝에 늘 낙이 오지는 않더라마는
⟨맨체스터 바이 더 씨Manchester by The Sea, 2017⟩

숱한 상처를 안고 고향 영국 맨체스터를 떠나 미국 보스턴에서 쓸쓸하게 살아가는 리. 형이 위독하다는 소식에 리는 고향을 찾지만, 형은 곧 세상을 떠나고 만다. 리는 형의 아들 패트릭의 후견인을 자신이 맡아야 한다는 말을 듣는다.

상처로 가득찬 삶의 무게에 형의 부고, 여기에 형의 아이까지 떠안아야 한다. 부담에 짓눌릴대로 짓눌린 리는 보스턴으로 떠나려 하지만, 패트릭은 맨체스터에 남겠다며 반발한다. 고향은 역시 상처만 얻는 곳이라며 자조하던 리는 우연히 전 부인 랜디를 만난다. 리는 랜디와 패트릭과 이야기하며 조금씩 옛 상처를 꺼내고 보듬고 또 아물게 한다.

제법 아문 옛 기억의 상처 위를 맨체스터의 바다가 어루만진다.

잔잔하게 앗아가고 격렬하게 보듬어 감싸는 그 바다, 그 인생

한때 취미가 주말에 차를 몰고 목적지 없는 여행을 떠나는 것이었다. 일단 길을 나선다. 목적지는 이정표를 보다가, 라디오 방송을 듣다가, 문득 떠오르는 생각대로 먹고 싶은 것을 생각하다가 즉흥적으로 결정했다.

그렇게 다다른 곳은 사실 대개 바다였다. 시원한 바람, 뭍으로 올라올 때마다 다른 모습으로 부서지는 파도의 포말, 부드러운 감촉을 주는 모래와 탁 트인 수평선이 기다리는 바다였다. 훌쩍 여행을 떠나 바다를 보면서 감정을 정리하고, 위안을 얻는 것은 나만은 아닐 것이다.

그런 영화가 있다. 일에서 이차원, 어쩌면 원초적이라 표현해야 할. 극을 이루는 모든 요소가 사뭇 편평한 영화다. 폄훼하지는 않지만, 맛은 심심하다.

또 그런 영화가 있다. 희노애락을 비롯한 수만 가지 감정과 생각을 그렇게나 맛 좋게 버무리는 영화다. 온갖 메시지와 요소로 관객을 울리고 웃기고 화를 돋우고 이내 진정시키고 보듬는 영화다.

이런 영화와 만나는 것 자체가 축복이다. 메말라 갈라진 삶의 틈을 메워주고, 강퍅해진 심성을 부드럽게 연마해주며, 이상향을 그리고 또 산산히 부수게 해주는 덕분이다.

영화를 즐기는 이들이 삶의 희망을 찬사하고 또 가끔 저주하는 이유가 이거다. 헐리우드 키드들은 영화로부터 얼마나 많은 삶과 경험과 철학을 물려받았는가.

이 작품 〈맨체스터 바이 더 씨〉는 단연 후자가 되시겠다. 줄거리와 구성은 간결하다. 하지만 거기에 잘 녹여진 농밀한 캐릭터와 복잡다단한 주제가 어우러져 작품을 만들었다.

과거와 지금을 오가는 구성은 그저 아름답다고 표현할 수밖에 없다. 심장과 머리를 예리하게 베어내 아물지 않는 상처를 준 과거의 슬픔, 그 상흔을 지금으로부터 조금씩 거슬러 올라가며 대화와 사람의 실을 자아내 봉합한다.

물론 꿰맨 상처는 으레 또다시 벌어지겠다. 지울 수 없는 과거가 지금에 이어 미래마저 짓누를 날이 곧 오겠다. 하지만 서툴게 이어붙여져 어색하게 아문 상흔이라도, 과거가 상처를 헤집어 별안간 또다시 피를 뱉게 하더라도, 상처를 아물게 하는 법을 배운 우리는 그 과거를 되풀이하지 않을 게다. 쓰러진 후 늘 공허했던 눈과 심장에 조금씩 생기가 돌 게다. 땅에 처박힌 고개를 들어 미래를 보게 될 게다.

그 배경에는, 이 영화의 제목에는 모든 것을 낳고 때로 앗아가는 바다가 있다. 언제나 변함없이 파도를 밀고 당기는 바다, 지울 수 없는 내 과오와 상처를 우악스레 디밀지만, 또 포말과 함께 흩어주는 바다다. 그대와 나를 가르고 이내 이어주는, 그 그리운 맨체스터의 바다가 있다.

오롯이 홀로 선 청년의 성장담. 높고 굳은 장벽, 나란히 선 철로에 선 세대와 또 다른 세대간의 유대. 잃고 또 잃어 피폐한 삶을 어루만지는 드라마. 이 모든 것이 137분짜리 영화 한 편에 담겼다는 것이 놀랍다. 경이롭다.

{15관}

온갖 감정에 등 지지 않고, 마주보고 솔직해지는 법
〈인사이드 아웃Inside Out, 2015〉

우리 모두의 머릿속에는 기쁨, 슬픔, 분노, 까칠, 소심 등 다양한 감정이 있다. 이들은 서로 담당을 바꿔가며 우리 감정을 제어하고 그날의 기억을 만들며 또 차곡차곡 쌓는다. 그렇게 쌓아진 기억이 우리를 만들고 또 유지한다. 이제 갓 열두 살이 된 라일리도 예외는 아니다.

익숙한 고향을 떠나 모든 것이 낯선 곳으로 이사온 라일리. 이곳에 적응하기 위해 라일리의 다섯 가지 감정은 분주히 움직인다. 우연히 일어난 사고 때문에 기쁨과 슬픔이 라일리의 머릿속 콘트롤 타워를 벗어나게 된다.

라일리는 기쁨과 슬픔을 느낄 수 없게 된다. 감정의 부재는 곧 라일리의 시간과 현재에 영향을 미치고, 나아가 머릿속 기억마저 지워버린다. 라일리를 채워온 가장 중요한 기억마저도 사라질 위기에 처한다.

한 시라도 빨리 머리로 돌아가야 하는 기쁨과 슬픔이지만,

그 과정이 쉬울 리 없다. 감정이 어디 그리 단순한 것이었던가. 비어버린 감정은 시시각각 다가오는 감정에 균열을 만들고, 이 균열 사이로 기억이 사라진다.

기쁨과 슬픔은 머리에 돌아가 라일리를 구할 수 있을까?

산다는 것은 감정을 조금씩 이해하고 온전히 받아들이는 과정

어렸을 때 어른들의 손목 위 굵은 핏줄이며 튼튼한 손가락을 보고 동경했다. 나도 어른이 되면 저런 손을 갖게 될까. 그야말로 어른이 될까. 어른은 울지 않는다던데, 뭐든 다 할 수 있다던데, 어른이 되면 나이를 먹으면 감정을 제어할 수 있고 어디서든 의연히 대처할 수 있을까. 어렸을 때는 그렇게 믿었다.

어른이 된 지금, 비극인 것은 어릴 적 내 믿음이 허세에 가까웠다는 것이고, 다행인 것은 그것을 비교적 일찍 깨달았다는 것이다. 더 다행인 것은 이 영화를 만나 위로를 받았고 이 영화를 수 차례 다시 보며 감정을 다잡을 수 있게 된 것이다.

감정만큼 다루기 어려운 것이 또 있을까. 우리는 과연 어른이 돼서도, 나이를 먹고 나서도 감정을 온전히 내 것처럼 다룰 수 있을까. 확신이 없어도 좋다. 확신이 없다고 해서 우리가 어른이 아닌 어린이인 것은 아니다. 감정은 어른이 된다고 완성되거나 마음대로 조절할 수 있는 것이 아니다. 평생을 걸쳐 성장하면서 다듬고 이해하고 받아들이는 것이다.

모쪼록 성장하는 순간에도 그 감정과 기억만은 잊지 말기를. 탁월한 발상과 아이디어가 환상적인 상상력과 만나면 어떻게 될까? 디즈니 픽사는 이 물음에 항상 나름대로의 답을 보여준 곳이다. 이번 작품 역시 그렇다.

삶 가운데 느끼는 여러 가지 감정의 역할과 작용, 그 과정에서 채워지는 시간과 기억, 이들이 모여 만드는 우리의 성장담을 이 작품은 훌륭히 그려냈다.

이 좋은 아이디어에 애니메이션 고유의 기발한 상상이 더해졌으니 말해 무엇할까. 100분 남짓 한 상영 시간 자체가 또 하나의 삶이자 또 하나의 아름다운 기억이 된다.

그래. 삶이 그렇다. 슬픔뿐인 삶이 어찌 달가울 수 있겠냐마는, 반대로 슬픔 없이는 기쁨의 참 의미를 느끼기 어렵다. 삶의 모든 것을 까칠하게 바라보다가 이윽고 분노에 휩싸이지만, 괜찮다. 그렇게 한바탕 쏟아내고 나서 소심해지지만, 그때 비로소 내 감정을 돌이켜볼 수 있게 된다.

모든 감정에는 역할이 있다. 그 감정을 제어하고 이끌고 뭉치는 그 과정이 인생이고 성장이다. 이들이 켜켜이 쌓인 게 기억이고 이들을 결속하는 게 과거와 또 미래다.

아버지와 어머니, 라일리의 콘트롤 타워를 주로 이끄는 감정이 각기 다르다는 것이 인상 깊었다. 그렇게 따져 보니 내 머릿속에는 아마 온통 분노만 들어차 있는 게다. 그 다음 힘이 센 감정을 꼽으라면 까칠일 듯하다.

너무나도 인상 깊은 작품이었기에 영화 스탭 롤이 다 올라갈 때까지 도무지 자리를 떠날 수 없었다. 스탭 롤이 또 하나의 재미를 준다. 마지막에 새겨진, 어린이들을 향한 디즈니의 당부 메시지를 보면 다시 한 번 눈물이 핑 돌게 된다.

애니메이션이라고, 어린이들이나 볼 영화라고 무시하지 말고 반드시 챙겨보자. 전체 관람가라고는 하지만, 오히려 아이들보다는 어른들이 주목할 영화다. 잘 생각해보자. 내 머릿속에 있는 것은 어떤 감정일까?

{16관}

"괜찮아. 잘하고 있으니까 눈치 보지 마!"라고 속삭였다
〈소공녀2018〉

미소는 가사 도우미 일을 하며 하루하루를 살아간다. 미소 삶의 즐거움은 사랑하는 남자 친구, 그리고 매일 저녁 단골 바에 가 마시는 위스키와 담배 한 모금이다. 해가 지나고, 집세와 위스키며 담배 값이 올랐지만, 미소의 수입은 거의 그대로. 결국 미소는 집세 지급을 포기하고, 풍찬노숙까지 각오하며 짐을 싸고 나온다. 그리고 친구, 지인의 집에 당분간 신세를 지기로 한다.

미소는 집도 돈도 없지만, 늘 만족스러운 미소를 띤다. 우아하고 당차고 자신 있게 걷는다. 집도 돈도 있지만, 늘 불만에 가득찬 친구와 지인들. 그들의 염려, 시기, 질투를 한 몸에 받은데다 거세디 거센 세파에까지 시달리지만, 미소는 끝까지 꿋꿋하게 미소를 지킨다.

생각과 취향이 있는데 뭐든 어떻겠어? 스스로 생각했을 때 잘하면 되는 거지

어느 날 퇴근하다가 그야말로 가공할 무력감을 느꼈다. 얼마나 큰 무력감이었냐 하면, 무너지는 몸을 기대려 근처에 있는 벤치에 털썩 주저앉아야 했을 정도다. 내게 무력감을 준 사연은 중요하지 않으니 그냥 넘어가자. 앉아서 삼십여 분간쯤 쉬면서 삼십 번은 우습게 넘을 만큼 한숨을 쉬었다. 일어나려고 했는데 다리가 말을 듣지 않았다. 그 정도로 지쳤다.

사는 게 힘든 이유는 따지고 보면 단순했다. 텅 빈 텅장? 습자지처럼 얇은 월급 명세서? 나 빼고 다른 이들은 모두 가진, 더 좋은 직장이며 넓은 집이며 비싼 차? 모두 다지 뭐. 빈약한 현실과 열등감이라는 양수겸장이 나를 옥죄는 데 힘이 안 들래야 안 들 수가 없다.

줏대가 없다. 자꾸 나와 다른 이를 비교하고, 그때마다 작아진다. 그때마다 많지도 않은 자신감이 날숨과 함께 새어 나간다. 그렇게 비어버린 몸과 머리로 고른 선택지가 대개 꽝이 돼버리는 악순환에 빠진다. 그러다 보니 그나마 내 키 정도 됐던 걸로 기억하는 줏대는 깎고 깎여 몽당연필 수준으로 닳아버렸다.

해가 갈수록, 나이 들수록 세상 살이가 힘겨워진다. 해마다 잃는 것만 늘어난다. 꼽으라면 입 아플 정도다. 그 대신 얻는 것이라고 해 봐야 변변찮은 돈, 술, 대개 종내 몸을 갉아 먹는 것뿐이다.

그중에서도 가장 괴롭고 힘든 것은 날카로운 가시 돋친 세파에 내가 사랑하던 사람들이 삼켜져 변하는 모습을 보고만 있어야만 하는 일이다. 사람을 잃은 대가로 주어지는 추억이 섧다. 아쉽다. 그립다.

나를 포함한 대부분은 그저 거기에 순응하고 사는 거다. 열등감에 시달리다 갖가지 핑계로 자위하며 사는 거다. 삶의 색을 잃어버리고, 나를 괴롭히던 잿빛 노이즈 중 하나가 되는 거다.

그중에서도 관점을 오롯이 유지하며 버티는, 견디는 미소 같은 이는 얼마나 눈에 띄는지. 얼마나 아름다운지. 미소의 삶도 녹록찮을 거다. 그렇게 산다고 해서 희망을 캐리라는 보장도 없는데, 험난해 보이는 길만 골라 밟는 듯한데. 그런데 이 아가씨 참 잘도 버틴다. 용케 견딘다. 나아가 기적처럼 이겨낸다. 곧게 서서 우리를 내려다본다. 심지어 그 눈이 따뜻하다.

우뚝 선 미소 같은 이들에게는 으레 핍박이 쏟아진다. 편견의 굴레가 씌워진다. 뭘 그리 대책 없이 사냐고. 뭘 그리 튀냐고. 철 좀 들라는 핍박이다.

남들처럼 살라는, 나를 닮으라는 노골적인 회유도 어지간히 시끄러울 거다. 온갖 부정적인 감정에 녹아 질척해진 몸을 기대려 하는 이도 많을 거다. 어느 것이든 감당하기 어려운 짐일 테다.

하지만 결국 우리가 떠올리는 것은 변절한 우리 자신이 아니다. 늘 올곧은 줏대를 가지고 주관대로 살아가는 미소를 만나고 나서야 그것을 깨달았다.

따지고 보면 왜 그리 아둥바둥 살았나 싶다. 왜 그리 팍팍하게, 또 뭘 그리 편견과 아집에 가득찬 삶을 살았나 모르겠다. 뭘 그리 부러워하고, 뭘 그리 열등감에 푹 빠져 살았나 싶다.

그런 나와 우리를 조용히 응시하는 미소의 눈. 우리처럼 상대를 힐난하거나 폄훼하지 않고, 그저 있는 그대로 관조하다 되려 따뜻한 한마디를 건네는 미소의 눈망울이, 따뜻한 밥 한 끼 뚝딱 지어 내놓는 미소의 손길이 부드럽다.

언젠가 미소 같은 이들을 위한 목로주점을 열고 싶다. 사랑할 때도 기왕이면 미소 같은 사람이 좋겠다.

네 언제든 와서 해갈할 수 있도록, 세파와 멸시의 시선에 찌든 몸을 훌훌 털어낼 수 있도록. 널 위한 호박빛 위스키를 키핑해둘 테니.

합리화와 변명, 칠전팔기와 자포자기 사이의 그 어딘가
〈천주정天注定, 2013〉

방황하는 이들이 있다. 마을의 공동 재산을 빼앗고 주민들을 착취하던 촌장과 부호에게 대항하려는 광부 따하이. 총성과 화약 냄새 속에 살아가면서도 가족애는 잊지 않은 살인마 조우산, 가족에 이어 연인과 고향에 인간미까지 잃어가는 여인 샤오위, 한참 좋을 젊음의 시기에 돈에 속박돼버린 청년 샤오후다.

이들이 방황하는 이유는 하나같이 '돈' 때문이다. 응당 가져야 할 것을 착취당한다. 그를 위해 총을 들어야 한다. 멸시당하며 더러는 현실에서 도망쳐야 한다. 이들이 방황하는 이유가 같듯 종지부 역시 죽음으로 모아진다. 어떤 사연이 이들로 하여금 이러한 운명을 맞게 했을까?

그래, 내 죄를 내가 알겠는데, 그게 왜 잘못이냐고

미쳐버릴 지경이었다. 내가 하지도 않은 일의 책임을 내가 떠맡게 됐다. 내가 하지도 않은 말이 사실처럼 떠돌고, 그 말을 들은 주변인들이 나를 힐난했다. 지지 말아야 할 짐을 졌고, 지지 말아야 할 책임을 졌다. 정작 내게 책임을 떠넘 긴 이는 승승장구했다. 얼마나 억울했는지, 그때 한 나흘 정 도는 잠도 못 자고 밤새 눈 뜨고 화를 삭이기만 했던 기억이 난다. 물론 내게 책임을 떠넘긴 이에게 어떻게 복수할까, 그 복수가 실제로 이뤄지면 어떻게 행동할까 부질 없는 상상도 한참 했다.

살다 보면 억울한 일을 많이 겪게 된다. 그때마다 자연스레 드는 생각이 '더 큰 힘, 더 많은 돈, 더 높은 지위가 있었으 면'이다. 그러면 내가 이 모양 이 꼴을 겪지 않아도 되잖아? 그리고 이내 비겁하고 치졸한 핑계를 생각한다. '그래도 나 는 나보다 돈 못 버는, 나보다 못한 놈보다는 낫잖아?'

사람 아래 사람 없고, 사람 위에 사람 없다는 이야기는 이미 케케묵은 클리쉐다. 인간은 자신 위에 있는 무언가를 느끼는 순간 그를 두려워하고 끌어내리려 한다. 이 생각은 차라리 본능에 가깝고, 지금까지는 어찌어찌 성공할 수 있었다. 하지만 그게 불가능한 존재가 있다면? 아무리 몸부림치며 발악을 해도 내가 딛고 올라설 수 없는, 언제나 내 머리 위에서 나를 짓누르는 것이 있다면?

지금 우리 삶의 현실이 대개 이렇다. 그래. '돈'이다. 돈만 있으면 어떤 일이든 가능하다. 돈만 있으면 범죄를 무마하는 것도, 한 인간의 인격을 철저히 궤멸하는 것도 가능하다. 심지어 있던 일을 없던 것처럼, 없는 일을 있는 것처럼 꾸밀 수 있다. 물론 다른 이의 생명을 빼앗는 것마저도 돈이 있으면 정당화된다. 이를 뒤집으려는 노력은 허무하고, 순응하는 것은 어렵다.

하지만 돈을 이길 수 있는 단 하나의 방법이 있으니, 바로 죽음이다. 방황하는 가운데 이들은 이를 깨닫는다. 그렇기에 따하이는 모두를 쏴 죽이고, 조우산 역시 아무렇지도 않게 부호의 머리에 총알을 박아 넣는다. 샤오위가 그어버린, 한 남자의 심장 가치도 결국 그가 가진 돈 만큼은 아니었다. 샤오후이의 죽음을 단순히 나약하고 치기어린 선택이었다 비웃을 수 없는 이유 역시 바로 이거다.

영화의 마지막, 경극을 통해 전해지는 메시지는 제법 뼈저리게 다가온다. 하지만 그만큼 애써 부르짖으며 해명하고 싶어진다. 그래, 내 죄를 내가 안다. 우리 모두는 죄인이다. 그건 알겠는데 그 죄를 지어야 우리는 살 수 있다.

아주 흥미롭게 본 영화다. 투박하지만, 직설적인 중국식 미장센도 독특했다. 관람 후 안 사실인데 이 영화의 에피소드들은 놀랍게도 모두 실화였단다. 알고 보면 더 재미있고, 모르고 보면 더 몸서리쳐진다.

각각의 에피소드를 하나의 구심점으로 묶은 것도 모자라, 이를 현실 문제로까지 대입한 영화의 구성은 그저 놀라울 따름이다.

영화 제목 〈천주정〉의 뜻은 '운명은 하늘에 흐른다'는 의미. 아아 빌어먹을. 이다지도 얄궂은, 게다가 이다지도 참혹하고 이다지도 닮아 있는 운명이라니. 이다지도 징상맞은 삶의 모습이라니. 잔인해서 슬프고 익숙해서 애닳다.

{18관}

혼자 끙끙 앓지 말고, 어디서든 누구에게든 털어놓으렴
〈몬스터 콜A Monster Calls, 2016〉

어린 소년 코너는 모든 것이 두렵다. 아픈 어머니도, 떠나버린 아버지도. 모든 아이가 자신을 괴롭히려 드는 학교와 무서운 할머니도. 거센 바람이 몰아치던 어느 날 밤, 코너에게 거대한 몬스터가 다가온다. 그 몬스터는 낮고 음산한, 하지만 어딘가 모르게 따뜻한 목소리로 코너에게 동화 세 가지를 이야기해주겠노라고 말한다.

비밀을 감춘 어린 왕자와 어리석은 왕이며 왕비의 이야기. 고집불통 약사와 말과 행동이 다른 목사의 이야기. 괴물을 불러낸 투명 인간 이야기. 말을 마친 몬스터는 순간 코너를 매섭게 몰아세우며 네 번째로는 네 솔직한 이야기를 말하라고 다그친다.

코너가 가장 두려워했던, 가슴속에 꼭꼭 눌러둔 이야기의 정체는….

때로 가장 큰 두려움을 인정하면 그 두려움이 나를 포근하게 감싸줄 때가 있다

직장에서 실수해 혼날 때마다, 어처구니 없는 이유 여러 가지로 애먼 욕을 먹을 때마다. 주변 사람들과 갈등을 빚거나, 계획이 몽창 틀어지거나, 하다못해 이유 없이 기분이 나쁠 때. 종종, 아니 자주 생각한다. 사는 게 늘 행복한 이가 있을까? 사실 사는 것은 불행할 수밖에 없지만, 꾹 참고 견디는 이가 대부분이지 않을까?

몰랐나? 삶은 그저 고통이다. 삶이 기쁨이라고? 행복이라고? 축하한다. 모쪼록 오래 그러기를 바란다. 그럼에도 당신에게는 견딜 수 없을 만큼 괴롭고 몸서리쳐지도록 외로운 시기가 반드시 다가온다. 숨 쉬는 공기가 날카로운 칼날마냥 가슴을 헤집어내고, 모든 생각이 뜨겁고 눅진한 용암이 돼 머리를 달궈 이내 뻐개는 듯한 고통을 주는 가혹한 시기가 빠르던 늦던 삶을 사는 가운데 반드시 한두 번은 찾아온다.

시지포스의 굴레가 이렇게 무거웠을까. 이 악물며, 체념하며, 때로는 짐짓 아무렇지 않은 체하며, 또 더러는 단말마의 비명을 내지르며 우리 모두는 굴레를 지고 고통의 삶을 걷는 거다.

이쯤 되면 누구든 나를 꺼내줄, 굴레를 벗기고 고통을 덜어줄, 삶을 감싸고 안온함을 가져다줄 그 누군가를 찾고 상상한다. 그런 이가 실재할 리 없는 것은 물론이라 생각한다.

이 작품 〈몬스터 콜〉에 등장하는 몬스터 또한 그렇다. 기괴하고 음습한 삶과 닮았다. 괴로움처럼 무겁고 차가운 목소리를 가졌다. 일으켜주는 듯 도와주다 날카로운 삶의 순간이 오면 그곳에 나를 도로 거꾸러지게 만든다. 몬스터는 징상맞은 삶의 굴레 그 자체인 듯 보인다.

하지만 그의 메마른 나무 껍질 속을 살펴보라. 나처럼 맥동하는 생명이 있다. 과거 내가 몇 번인가 맛봤던 따뜻한 위로와 온기가 있다. 지켜주리라는 약속이 있고, 실재하는 나처럼 확실한 믿음이 있다.

여남은 살 나이의 어린이에게도, 힘겨워 변색됐음에도 한끝 신록만은 남아 있는 젊은이에게도, 거친 세파와 울퉁불퉁한 삶을 견디며 애써 온기 한 끗만은 소중히 지키려는 중장년에게도, 살아온 날과 살아갈 날을 견주는 노년에게도 이런 확실한 믿음이 있다.

누구에게나 있고 또 누구나 느낄 수 있는. 실재할 리 없다고 느꼈지만, 사실은 늘 있었고 있고 있을 이다. 우리는 그저 그를 인정하고 손만 내밀면, 입만 열어 사실을 고백하면 될 일이었다. 그게 그리 어렵다. 마치 삶의 무게를 감내하는 것처럼 어렵다.

이 영화는 고통과 상실의 시대를 사는 이들에게 건네는 따뜻한 메시지다. 너무나도 환상적인 화면과 심금을 간지럽히는 멜로디다. 튼튼한 구성과 촘촘한 완급 조절이 훌륭히 어우러져 이렇게나 아름다운 작품이 됐다. 여기에 연기의 신이라도 강림한 듯한 주연 아역 배우의 호연이 극의 위력을 더한다.

오감을 만족시키고 육감까지 도달하며 여운과 잔향까지 남기는, 이런 영화를 정말 좋아한다. 이 정도로 완성도가 높으니, 어찌 보면 진부할 주제마저 이렇게나 아름다워지는 거다.

{19관}

삶을 결코 낙관하지 말고, 이면에 숨겨진 공포를 생각하고
대비할 것
〈테이크 쉘터^{Take Shelter, 2011}〉

커티스는 평범하지만, 성실한 가장이다. 하지만 그가 거대
한 폭풍이 밀려오고 세상이 공포스럽게 바뀌고 마는 악몽
을 꾼 순간부터 모든 것이 무너져내리기 시작한다. 목숨을,
목숨보다 소중한 가족을 잃을 수 있다는 불안에 잠겨버린
커티스는 숨어 지낼 방공호를 지으려고 집 뒤 땅을 파내려
간다.

불안하고 초조한 눈으로 방공호를 만드는 커티스를 주변
사람들은 걱정하다가 이내 멀리한다. 커티스가 필사적으로
지키려 하는 가족들까지도 그를 외면한다. 그럼에도 커티스
는 가족을, 일상을 지키려고 삽질을 멈추지 않는다.

일상의 이면은 공포다. 부지불식간에 옥죄어 오는 그 공포에 어떻게 대처할 것인가

미래를 꽤 잘 대비하고 있다고 생각했다. 많지는 않지만, 돈도 제법 모았고 운동을 꾸준히 한 덕분에 건강도 좋았다. 인간관계도 나쁘지 않았고, 직장 생활도 안정적인 궤도에 올랐다고 느꼈다. 하지만 불현듯 모든 것이 모래성처럼 무너지지 않을까 두려워졌다. 내가 차근차근 마련한 대비따위 한없이 빈약해 보였다.

이래서야 어느 순간 다가올 고난으로부터 날 지킬 수 없을 것이라는 생각에 휩싸이자 공포스러웠다. 그래서 더 많이 대비하려 했다. 더 많이 대비할수록 공포를 더 크게, 자주 느낀다는 점을 깨닫고 또다시 경악했다.

여기 열심히 땅을 파고 있는, 평범한 한 남자도 나와 마찬가지였던 거다. 언제부턴가 그에게는 환청이 들리고 환영이 보이게 된다. 발 딛고 있는 주변의 모든 것이 무너져내리는 섬찟한 악몽, 일상의 안온함이 한순간 공포로 반전된 환상에 시달리던 그는 곧 '세계의 종말'을 직감한다. 가정을 지켜야 한다는 일념으로 그는 안전한 방공호를 짓는다.

하지만 그에게만 보이는 환상과 그만이 느끼는 환청을 다른 이들이 이해할 수 있을 리 없다. 보이지도, 들리지도 않는데 어떻게 이해할까. 이해는 애초부터 바라지 않았다. 그저 방공호를 만들면 될 일이고, 그저 안전하면 될 일이다. 그렇게 그는 방공호를 지으면서 자신을 고립시킨다.

공포와, 몰이해와, 불안과 싸우면서 대비하는 과정이 쉬울 리 없다. 온갖 고난이 그의 어깨를 짓누르고, 그의 신념과 의문과 확신이 유화 물감처럼 엉망으로 개어질 무렵 마침내 폭풍우가 다가온다. 방공호 속으로 가족을 데리고 간 그는 공포에 몸을 떤다. 그를 보는 가족의 눈은 어떤 모습일까. 과연 그가 본 것은 환상일까, 사실일까?

평범한 일상의 이면에는 공포가 숨겨졌다. 일상의 안온함은 따뜻하지만, 한편으로는 공포를 보지 못하게, 대비하지 못하게 하는 옥쇄다. 우리는 일상이 일상이 아니게 될 수 있다는 공포를 느끼고 나서야, 일상을 유지하기 위해 필사적으로 몸부림쳐야 한다는 것을 배운다. 그럼에도 그 몸부림이 더는 지금의 일상을 유지하지 못할 때 평범함이 산산히 부숴진 채 모든 것이 반전되는 순간 우리가 느낄 공포는 어느 정도일까?

남 이야기가 아니다. 빠듯한 수입, 안정되지 않은 일터, 장애를 앓는 아이를 가진 이 남자의 불안은 스크린을 찢고 우리에게 다가온다. 우리 역시 일상을 평범하게 보내지만, 그 일상 한 편에는 갖가지 불안과 스트레스가 산재해 있다. 불안과 스트레스가 언제 일상을 평범하지 않게 만들지 두려워한다. 일상을 지키기 위한 우리의 대비는 대개 인정받지 못한다.

물론 일상 속 불안을 돌리고 스트레스를 무마하는 수단은 누구나 가지고 있다. 그 수단이 그에게는 방공호다. 누군가에게는 그 수단이 두둑한 양의 저축일 테고, 누군가에게는 가족일 게다. 더러는 자기 자신을 믿고 내세우는 사람도 있을 테다.

그렇기에 이 영화는 너무나도 무섭다. 우리의 대비와 수단은 늘 약하다. 하루아침에, 부지불식간에, 미처 대비하지도 못한 순간에 일상이 뒤집어질 수 있다. 모호한 두려움과 공포가 현실이 돼 정수리를 찍어대는 순간 그와 우리의 방공호는 과연 효과가 있을 것인가? 그와 우리는 그 방공호를 완성할 수 있을 것인가? 방공호를 짓는 우리를 누가 믿어줄 것인가?

이 영화가 마지막에 대답을 제시하는 순간이, 한참 깜박이지 못한 눈꺼풀을 한 번 깜박이는 순간이, 내쉬지 못한 숨을 내쉬고 새 숨을 들이미는 순간이 바로 우리의 일상이 바뀌는 순간이다.

모름지기 포부는 크게 가져야지
〈클라우드 아틀라스Cloud Atlas, 2012〉

밤 하늘을 가로지르는 혜성. 그 혜성을 몸에 새긴 이들이 500년의 세월을 가로지르며 각기 다른 삶을 살아간다. 정의로운 청년 변호사. 세계의 관습을 깨트리려 노래한 예술가. 진실을 발굴하려 위험을 무릅쓰는 취재기자. 무력하지만, 용기 있게 자유를 외치는 노인. 근미래에 만들어진 우상이자 구세주. 멸망한 미래 세계의 생존자다.

이들의 삶은 500년이라는 시차를 아랑곳하지 않고, 자유롭게 오가며 서로에게 영향을 미친다. 윤회의 나선 속에서 대개 모른 채 서로를 지나치지만, 또한 만나 삶을 나누기도 한다. 그 과정에서 숱한 미래가 생겨나고, 그 숱한 미래가 모이고 또 헤어지며 드넓은 우주에 새 길을 만든다.

이 은하수를 지금 이 순간에도 혜성이 가로지른다.

모든 경계는 뛰어넘어야 할 관습이야

전생이 있을까? 누군가는 전생에 나라를 구해서 성공을 거듭하고, 아름다운 배우자를 얻고, 사회적인 성공을 거둔단다. 또 누군가는 전생에 나라를 팔아먹어서 실패를 거듭하고, 늘 외로움과 괴로움에 시달린단다. 물론 전생 자체를 믿지 않는 이도 있겠다. 나 역시 그렇다.

전생 이론 따위 참 하찮다고 생각했다. 어머니 배 속에 있을 때 기억은 물론, 서너 살 때 기억조차 떠올리지 못하는데 전생 따위 기억할쏘냐. 떠올리지도 못하는 기억이 내 지금에 영향을 미칠쏘냐. 하지만 가끔은 전생이 정말 있는건가 싶은 생각도 든다. 기가 막히게 운이 좋은 이들, 하는 것마다 성공하는 이들을 보면 더욱 그런 생각이 든다.

하지만 이 역시 내 착각이었다. 시야를 넓히면 전생 정도는 구태여 중요하게 생각할 것이 아니거늘.

탄생과 죽음이 엇갈리고 엮여 자아낸 삶, 그리고 그렇게 만들어진 삶 역시 탄생과 죽음을 반복해 낳는다. 그 윤회의 사이클 속에서 우리는 또 다른 우리와 생각지도 못하게 만나고 또 헤어진다.

이 영화는 500여 년 동안 이어지는, 다르지만 또 같은 시간과 공간 속에서 물고 물리는 삶의 이야기를 다뤘다. 영화는 세 시간 동안 서로 다른 여섯 개의 이야기를 번갈아 보여준다. 이 영화의 압권은 어느 모로 보나 서로 어울리지 않는 여섯 개의 이야기들이 모두 연결됐고, 한 지점에서 만난다는 점이다.

영화 속 등장 인물뿐 아니라 그 무엇(스포일러의 가능성이 있으니 스킵) 역시 500년간의 시공간을 뛰어넘어 흩어지고 모여, 종국에는 아주 자연스럽게 이야기를 마무리한다.

과거와 지금, 미래를 아우르는 장대한 이야기가 남기는 것은 화려함뿐만은 아니다. 이야기 하나하나에 시대를 관통하고 시공간을 잇는 메시지가 녹았다. 시대와 시공간을 연결하기에 빛이 바래지지 않고, 해를 묵으며 더 진해진다. 더 농후해진다.

내가 존경하는 어느 기업 대표는 이 영화를 보고 '평생을 일반 직장인으로 살면 안되겠다'는 생각을 했다고 한다. 동감이다. 한 번 사는 삶, 뭐든 시도해 봐야 하지 않겠나. 꿈을 크게 가져야 하지 않겠나. 편견을, 관습을 벗어나 새롭게 시도해 어딘가에 이름을 새겨야 하지 않겠나.

하지만 실행하지 못했다. 괜찮다. 장고한 세월, 도도히 우주와 삶을 이끄는 혜성이 있는 한, 언젠가 나 역시 그에게 메시지를 줄 수 있지 않겠나. 물론 그대들의 메시지 또한 언제나, 심지어 500년 전후나 다음 생애에서도 환영이다.

{21관}

장벽을 넘고 사랑하려는 이들을 위한 위로
〈캐롤Carol, 2015〉

1950년대 미국. 백화점 점원 테레즈는 우아한 분위기를 풍기는 손님 캐롤을 만난다. 캐롤을 보고 한눈에 반한 테레즈. 그의 눈에는 오로지 서로의 파란 눈과 그 속에 피어오른 빨간 정염. 그 정염을 주고받을 수 있다는 기적만 보일 뿐이었다.

하지만 두 사람 사이에는 높고 거친 장벽이 여러 개 세워져 있었다. 신분 차이만큼 살아온 환경과 재력이 달랐다. 동성애를 정신질환으로 여기는 사회 분위기도 둘 사이를 가로막았다. 그중에서도 가장 높고 굳은 장벽은 너무나도 다른 나이와 경험이었다.

망설이지 않고 애정을 내보이는 테레즈. 그에게 호감이 가지만, 이 사랑 때문에 잃을 것이 너무 많은 캐롤. 둘은 서로를 통해 자신의 새로운 모습을 발견하지만, 그것을 사랑으로 만들기 위해 넘어야 할 장벽은 좀처럼 낮아지지 않는데….

사랑은 여러 번일지언정 당신은 오로지 하나뿐이니

사랑하고 헤어진 이야기를 실컷 했으니, 한 번쯤은 사랑하기 시작할 무렵의 이야기를 해도 좋지 않겠나. 나는 어느 한 부분이 눈에 들어오면 금방 사랑에 빠지는 성격이다. 그래서 서툴게 돌진하다 화려하게 망하는 일이 잦았다. 어찌어찌 내 돌진이 그 마음의 장벽을 무너트리는 데 성공한 적도 있었다.

하지만 여지없이 엄습하는 선택의 갈림길에서 나는 급한 마음에, 두려운 마음에 서툴게 접근했고, 대개 비참하게 망했다. 쓰디쓰지만, 상처는 어떻게든 아문다. 피우지 못한 꽃처럼 이루지 못한 사랑의 여운은 늘 진하게 남는다. 그래서 아쉽지는 않다. 당신을 만났고, 여운 같은 기억과 만났다.

그럴 때가 있다. 수많은 것 가운데 오로지 하나만이 보이는 때. 다른 것을 보고 있어도 눈을 깜박일 때마다 눈을 감으면 오롯이 보이는 그 하나, 그.

이어 그가 형태를 갖추고 커져 내 앞으로 다가온다. 우연이든 필연이든 이 정도 되면 관계 없다. 그의 목소리를 듣고 또 나누고, 향을 맡고 그가 그곳에 있다는 것을 깨닫는다.

그가 내 마음에 있다는 게 기쁘고, 나 역시 당신의 마음 어딘가에 있다는 상상이 행복하다. 그래, 사랑의 시작이다.

그리고 또 대개 그렇다. 사랑은 늘 차가운 시련과 마주치고 시험에 빠진다. 그리고 당신과 나를 기어이 낭떠러지 갈림길로 이끌고야 만다.

당신을 받아들인다는 것은 더할 나위 없이 행복한 일이기도 하지만, 내 삶을 송두리째 바꿔놓는 일이기도 하다. 시간은, 환경은 언제나 우리를 구속하고 방해한다. 그때마다 당신의 존재가 나를 지탱한다.

그리고 그 순간이다. 나를 떠받치고 있는 당신이 나 때문에 더 힘들어지지 않을까 하는 두려움이 엄습하는 것은. 내가 겪는 고통이 당신에게 전이되지 않을까 하는 섬찟함도.

그때는 그럴 줄 알았다. 그게 최선인 줄 알았다. 잠시간의 오해가 우리를 더 굳게 만들 줄 알았고, 반드시 다시 만날 수 있으리라 믿었다.

그래서 우리는 사랑을 시험한다. 당신을 믿기에, 기대하고 싶기에 더욱, 기대기에 더더욱.

하지만 사랑을 시험하려 한 그 천진함은 늘 찢어발겨지고 말기에. 내가 그대가 아니듯 그대 역시 내가 아니기에. 그것을 깨닫고 나면 더 아파진다.

사랑이라는 기적을 내 손으로 흩었다. 그 탓에 우리는 등을 돌린 채 다른 길을 걸어가야만 한다. 눈앞에 보이는 넓은 세계, 그동안 당신에게 가려져 보지 못했던 새로움이 있지 않느냐고? 대체 무슨 소용인가. 그곳에 정작 그대는 없는데.

한때 그대의 손의 온기를 느꼈던, 이제는 비어버린 손을 다잡고 눈물을 참으며 새 세계의 길을 걷는다. 그때 등 뒤에서 나를 부르는 그대의 목소리가 들린다. 순간 그대와 만나고 느낀 사랑의 행복과 두려움을 떠올린다.

그대와 헤어지고 뒤늦게서야 배운 용기를 내서 뒤를 돌아본다. 그곳에 있는 것은 헤어진 후 더 기억에 남는, 떠올리면 잔잔한 여운이 남는, 시간과 사람과 풍경들이다.

그래. 마치 당신 같은. 이 영화 같은 것들이다.

내 조카는 부디 이런 친구들과 함께 자랐으면
〈우리들[2015]〉

여름 방학, 초등학생 선은 전학생 지아를 만난다. 만나자마자 친해지고, 거리낌없이 서로의 비밀을 털어놓을 정도로 막역한 사이가 된 선과 지아. 손을 잡고 함께 지내며 보낸 그해 여름 방학은 마치 선과 지아 둘만을 위한 즐거운 잔치 같은 시간이었다.

호박 마차를 탄 공주님은 언젠가 성을 떠나야 한다. 즐거운 여름 방학도 끝나고야 만다. 그리고 선과 지아의 사이는 별안간 멀어진다. 안타까운 선은 지아에게 혹시 무슨 잘못을 했나 물어 보지만, 답변 대신 날아오는 것은 차가운 지아의 눈초리와 침묵 뿐이다. 결국 선은 악에 받혀 지아가 자신에게만 알려줬던 큰 비밀을 폭로하고야 마는데….

참 그랬지. 그때는 그랬지. 지금도 그렇다만

조카가 초등학교에 입학한단다. 요즘 초등학교는 내 시절과는 달리, 한 반에 50~60명씩 있는 게 아니라 10~20명만 있단다. 컴퓨터로 수업하고 과목도 사뭇 다르단다. 부럽달까. 하지만 모든 것이 변해도 초등학교에서 첫 친구를 사귄다는 점은 변하지 않으리라.

첫 친구는 정말 중요하다. 근묵자흑이자 유유상종이라 하지 않는가. 생각이 여기에 닿으니 내 조카들은 좋은 친구를 만났으면 하는 생각이 들었다.

보잘것없는 나지만, 자신 있게 자랑할 수 있는 것 중 하나가 '친구가 많다는 점'이다. 그냥 친구가 아니고, 언제든 연락하고 만나도 거리낌없이 웃고 즐길 수 있는 친구다. 마음 속 깊이 아끼고, 뭐든 주고 싶고, 평생을 알고 가까이 지내고 싶은 친구다. 김 모, 서 모, 박 모, 구 모, 윤 모, 이 모… 이런 친구들이 스무 명은 넘는다.

나는 이 고마운 친구들 덕분에 배웠고, 웃었고, 살았다. 지금도 친구들과 만나면 배우고 웃고 살 힘을 얻는다.

듣기로는 요즘 아이들은 천진하기보다는 제법 영악하단다. 부디 내 조카들은 나처럼, 내 친구들처럼 좋은 아이들만 만났으면 하는 생각이 들었다.

아이는 어른의 거울이란다. 말마따나 아이가 자라면 으레 구슬픈 어른이 되나니. 어렸을 때 순진함은 성장하면 잃어버린다고 착각했다. 사실 순진함은 잃는 게 아니라 시간과 함께 변하는 게지. 세파에 시달려 흐려지는 게지.

아이의 세계나 어른의 세계나 다르지 않다. 파트너, 더러는 친구를 만나 함께하며 서로의 시간과 감정과 생각을 나눈다. 이해와 유대는 깊어진다. 서로 배려하고 의지하며 고된 어른의 삶을 헤쳐 나간다.

하지만 친구는 남, 더러 그보다 못한 사이가 되기도 한다. 계기야 수도 없이 많지만, 대부분 다른 친구의 시기와 질투, 심지어 음해 때문이기도 하겠다. 그렇게 되면 친구일 때 함께한 시간과 나눠 가진 감정은 도리어 가공할 무기로 돌변한다. 달콤했던 말이 모난 정이 되고, 나눴던 감정이 날카로운 끝이 돼 서로의 가슴을 부순다.

영화는 아이들의 시선을 빌어 어른들의 세계를 투영한다. 그게 그렇게나 자연스럽고 한편으로는 섬세하다. 이 점이 아주 훌륭하다.

영화적인 장치며 소품, 각종 이미지와 극 전개도 정석에 가깝다. 때로는 기본을, 정석을 지키는 것이 가장 어려운 법이다. 기본만 지켜도 영화의 완성도는 이처럼 높아진다. 그야 말로 교과서적인 구성과 완성도를 가진 영화다.

그래서 이 작품은 어느 한 쪽의 모만 거슬릴 정도로 두드러지거나 빈약한 최근 우리나라 영화들과 비교하면 단연 돋보인다. 그래서 감독의 또 다른 영화 〈우리 집〉에서 이 작품의 주인공 선과 지아를 만났을 때 반갑고 고마웠다. 콧날이 찡해졌다.

그럼에도 안타깝고 아쉬운 나머지 심지어 화까지 나는 까닭은 영화가 나빠서가 아니라 오히려 너무나도 현실적이기 때문이다.

이 환세에서 거짓과 음해, 이간질이란 아이뿐 아니라 어른의 세계에서도 쉬이 벗겨지지 않는 갑옷이자 권장되는 미덕이다. 배려 따위 제 목을 죄는 올무고, 사과란 곧 제 배를 찢어발기는 칼날이다.

환세의 미덕을 내세워 친구 사이를 찢어놓은 아이는 어른이 되면 더 성공할 게다. 어른이 된 우리 주변에서 수도 없이 볼 수 있는 명제 아니던가. 비겁해야 성공하고 짓밟아야 인정받는다. 대체 뭐 이 따위 세상인지.

하지만 아이들은 우리와 같으면서 다르다. 거친 과거가 지금은 물론 미래마저 잠식해버린 구슬픈 어른들의 눈빛. 반면 아이들의 눈은 어른들보다 낮은 곳에 있을지언정 과거가 아닌 미래를 바라본다. 거기에는 일말의 광휘가, 인간의 가치가 있다.

영화의 마지막 자신의 잘못을 깨달았지만, 부끄러워 말은 못한 채 쭈뼛쭈뼛 곁눈질하는 아이의 눈. 그 속에는 아직 해악으로 변질하지 않은 순진한 미덕이 수줍게 숨었다. 진솔한 사과를 친구에게 건네고 싶어하지만, 뭔가 부끄러워 옴쭉달싹 못하는 그 아이의 눈. 그 강아지처럼 무구한 눈을 보면.

어리석을지언정, 예정된 실패를 감수해야만 할지언정 숨 쉴 때마다 우리를 배신한 그 미래를 다시 한 번 믿어보고 싶어진다. 그리고 내 조카, 아린이와 아인이도 모쪼록 선이랑 지아 같은 친구들을 만나기를 또 한 번, 아마 앞으로도 계속 바라게 된다.

{23관}

사랑이 모든 기적을 가능하게 한다
〈인터스텔라^{Interstellar, 2014}〉

황사, 가뭄 등 기상이변이 일어나며 지구는 황폐해졌고, 인류는 식량난으로 멸망할 위기에 처한다. 나사(미국항공우주국)의 전 에이스 파일럿, 쿠퍼는 지구 위 몇몇 장소의 중력이 인위적으로 바뀌고 있다는 것을 발견한다. 중력이 바뀌는 곳을 찾아간 쿠퍼는 놀랍게도 이미 해체된 나사 과학자들을 만난다. 그곳에서 그들은 우주 탐사 로켓을 만들고 있었다.

그들은 쿠퍼에게 지구 근처에 생긴 웜홀을 통해 다른 은하계에 갈 수 있으며, 그중에는 인류의 새로운 삶의 터전이 될 행성도 있다고 말한다. 과학자 몇 명이 지구를 대체할 거주 행성을 찾아 떠났다. 나사 과학자들은 쿠퍼에게 먼저 떠난 과학자, 인류의 미래가 될 행성을 찾아달라고 부탁한다.

미지의 공간 우주에서 일어날 숱한 불확실, 상대성이론이 만드는 시간 차이와 그 과정에서 필연적인 가족과의 이별. 모든 것을 감내한 쿠퍼는 희생을, 제안을 받아들인다.

지구를 떠나 새로운 은하계에 도착한 쿠퍼와 일행들에게는 계속해서 고난이 닥친다. 그리고 그 과정에서 숨겨진 우주의 비밀이 밝혀진다. 이 비밀은 쿠퍼를, 인류를 어디로 이끌 것인가?

우리는 결국 답을 찾아낼 것이다. 늘 그랬듯

지금까지 영화를 천오백 편쯤 봤다. 그중 가장 좋아하는 영화를 한 편만 꼽을 수는 없겠지만, 가장 많이 본 영화를 한 편 들 수는 있다. 이 영화다. 초대형 스크린 전용관에서만 다섯 번, 일반관에서 세 번 봤다. 블루레이 디스크를 사서 집에서 본 횟수만도 최소한 스무 번은 넘는다. 이유는 간단하다. 이 영화는 볼 때마다 새로우면서도 늘 변하지 않는 감동을 준다.

어디서부터 이 영화를 논해야 할지 모르겠다. 확실한 건 이 영화는 내 영화사에 있어 기념비적인 작품이라는 점이다.

이 영화의 소재, 우주 탐사와 가족애는 어떻게 보면 진부하다. 그런데 이 요소들이 영화 속에서 훌륭하게 어우러져 차원이 다른 재미와 감동을 만들어낸다. 우주 탐사의 신비와 미지의 두려움, 암울한 인류의 미래. 그 속에 숨은 공통분모를 끄집어내 도무지 어울릴 것 같지 않은 가족애와 기가 막히게 엮어낸다. 단순한 이야기를 각색하고 논리와 화려함,

웅장함을 덧붙여 하나의 작품을 만든다. 이것은 전적으로 감독의 역량이다.

영화 자체의 몰입도도 최고 수준이다. 초중반 전개는 정말 군더더기 없이 자연스럽게 흐른다. 중후반부터 이를 복선으로 만든, 정말 뒤통수가 뻐근해질 정도의 반전이 기다린다. 나아가 이 영화의 주제, 사랑과 희망을 노래하는 깔끔한 엔딩을 보면 입에서는 최고라는 찬사가, 손에서는 하염없는 박수가 나온다.

이쯤 되면 세 시간의 러닝 타임은 오히려 짧게 느껴질 정도다. 여기에 눈을 가득 메우는 웅장한 화면, 귀뿐 아니라 온몸을 감싸는 음향 효과까지 더해진다. 오감을 압도하는 기세에 눌린 나머지, 영화가 끝나고 다리에 힘이 풀려 일어나지 못한 이는 나뿐만은 아닐 게다.

굳이 단점을 꼽자면 생소한 과학 이론이 많이 나오는 만큼 집중해서 봐야 한다는 점? 하지만 모르고 봐도 흥미, 알고 보면 재미다. 이해하고 보면 그야말로 감동이 된다. 사고와 상식의 범위를 3차원이 아닌 5차원으로 넓히고, 영화만이 만들어주는 상상의 영역까지 더해 이해해보자.

어줍잖게 사랑 타령만 하는 영화는 좋아하지 않는다. 하지만 이렇게 사랑의 기적을 아름답게 노래한 영화라면 이야기가 다르다. 〈시네마 천국〉의 토토는 알프레도의 비밀 필름을 보고 웃고 울고 감동하며 삶을 배웠다. 이 영화는 내게 있어 알프레도의 비밀 필름이다.

{24관}

마흔이 돼 뒤돌아 보니 나는 내 삶의 배우로서 어땠나
〈홀리 모터스Holy Motors, 2012〉

오스카의 진짜 모습을 아는 이는 아무도 없다. 그는 하루에 아홉 가지 인생을 산다. 그 모든 변신은 삶처럼 화려하고, 관처럼 좁고, 흰색처럼 순결한 리무진 속에서 이뤄진다. 시간이라는 연료로 삶과 연기라는 엔진을 돌려 움직이는 '홀리 모터스' 속에서 이뤄진다.

영화에 대한, 인생에 대한 정중한 경의와 조롱이 함께 담긴 영화

사랑하고 이별하고, 좌절하고 깨우치고, 돈도 벌고 살다 보니 서른아홉 살, 30대 끝자락 나이가 됐다. 머지 않아 마흔이다. 공자는 이 나이를 불혹이라 하던데 불혹이고 나발이고 나는 그냥 마흔이 되기 싫었다. 스무 살 무렵에는 나이마흔에 아주 대단한 사람이 돼 있을 거라 막연히 생각했다. 그때나 지금이나 5W1H가 죄다 빠졌기에 대단한 사람이 되는 것은 애초에 무리였다. 나이만 마흔에 가까워졌으니 바닥에 남은 것은 부끄러움이라는 더께뿐이었다.

그리고 문득 궁금해졌다. 나는 내 삶이라는 영화의 주연배우다. 내 연기는 어땠을까. 형편없지 않았을까. 잘했으면 지금 이리 부끄럽지는 않았겠지. 한편으로는 부른 배 쥐고 등따습게 몸 뉘일 곳은 있으니 중간은 가지 않았나 자위도 했다. 그러다 답을 냈다. 아니 만들었다. 답이 없는 게 답이다. 인생 겨우 절반쯤 산 녀석이 뭘 다 죽어가는, 병풍 뒤 향 냄새 맡는 송장 같은 후회를 하고 있나.

그때 생각난 것이 이 영화다. 그때 내게 필요한 것이 이 영화였다. 삶을 경의하면서 조롱하는 영화다.

이 영화의 시작은 굉장히 혼란스럽다. 케케묵은 흑백 영화의 노이즈가 두드러지는 가운데 관심이 없는 건지, 이해를 못하는 건지 마치 눈 뜬 송장처럼 미동도 않는 관객들, 그 속에서 한 남자(이 양반이 사실 감독인 레오 카락스다)가 일어나 문을 연다. 이윽고 그가 내려다본 극장에서는 한 남자, 오스카의 인생이 펼쳐진다.

그의 인생은 사뭇 괴이하다. 단란한 가정을 둔 건실한 사업가인 그는 차에 오르자마자 걸인으로, 격정적인 성교를 즐기는 예술가로, 손가락을 씹어 먹는 미친 사람으로, 자신을 살해하는 살인범으로, 임종을 앞둔 노인으로, 선율을 타는 예술가로, 또다시 자기 자신을 쏴 죽이는 범죄자로 쉴 사이 없이 변화한다.

이쯤 되면 애초부터 그가 사업가였는지 아닌지조차 모를 지경이다. 놀랍게도 영화에 의하면 그의 이 삶은 모두가 시나리오라고 한다. 그는 하루에 아홉 개의 전혀 다른, 새로운 인생을 시작하고 또 끝맺는다.

하지만 그러던 와중에 그의 인생에도 흑백 영화의 노이즈가 끼기 시작한다. 무엇이 현실이고 무엇이 시나리오인지 모르게 될 무렵, 그의 리무진에 올라온 이는 그의 속내를 드러낸다. 요즘 카메라는 너무 작아졌다고, 당신의 역할은 이제 사람들이 바라지 않을 거라고. 이 순간 혼란스러워하던 관객들은 오스카가 누구인지 깨닫고 전율을 느끼게 된다.

하지만 그는 아랑곳하지 않고 자신의 연기에 충실한다. 이런 그를 다시 한 번 비웃기 위해 그가 알고 있던 여인 진이 나타난다. 진과 함께 시체를 연상케 하는, 그동안 스러져간 수많은 영화를 연상케 하는 마네킹 사이를 거니는 오스카. 진의 노래는 오스카에게는 먹히지 않겠지만, 스크린 밖에서 그저 보고 있을 뿐인 우리에게는 충분히 먹히고도 남는다. 이윽고 진은 오스카에게 연기의, 삶의 종착이 어떤 모습인지를 보여준다.

영화의 마지막, 오스카는 최후의 시나리오를 준비한다. 첫 모습으로 돌아와 만나러 온, 더할 나위없이 사랑스러운 아내와 딸의 모습은 바로….

그를 뒤로 하고, 오스카의 운전기사인 셀린은 리무진이자 스크린을 쉬게 하기 위해 돌아온다. 하지만 오스카의 영화와 연기가 끝난 후 셀린의 영화와 연기는 이제부터가 시작이다. 가면을 쓰고 나가는 셀린 뒤로 리무진 여러 대가 수

군거리며 삶을, 영화를, 인생을 논한다. 결국 답을 찾지 못했고 결코 답을 찾을 수 없는 그들이 외치는 말은 기껏해야 '아멘'일 뿐이다.

이 모든 것이 일어나는 신성한 공간, 그곳이 바로 '홀리 모터스' 안이다. 이 모든 영화의 필름을 열심히 돌리는 공간, 그곳이 바로 '홀리 모터스'다.

그래. 홀리 모터스는 오스카의 것만은 아니었다. 우리 모두의 삶을 돌아가게 하는, 우리 모두의 삶을 연기하게끔 하는 원동력인 거다. 그 안에서 우리는 훌륭한 배우다. 경의받는 광대다.

그러니 우리는 부디 삶과 연기에 좌절하지 말고, 리무진을 탄 채 마음껏 경의하고 조롱하며 삶을 즐길 지어다. 지금, 그렇게 하지 않는 자 모두 유죄다. 아멘.

{25관}

그래, 가장 아름다운 날은 오늘이다
⟨그레이트 뷰티^{The Great Beauty, 2013}⟩

베스트셀러 작가 젭 감바르노. 드높은 명성과 희열, 흥겨운 파티와 가지각색 화려한 예술에 어우러져 살던 그지만, 내심 그는 마음속에 늘 공허를 안고 산다.

예순다섯 번째 생일을 맞은 젭에게 별안간 첫사랑의 부고가 전해진다. 그와 함께 젭에게 다양한 형태의 삶과 죽음이 다가온다. 이를 목도한 젭을 이지러진 현실마저 괴롭히고 나선다. 혼란스러워하던 젭은 기억을, 삶을, 현실을 되짚는 여정에 나선다.

젭은 여행 중 여러 사람이며 생각과 만난다. 모두 그의 삶 전체를 아우를 만한 충실한 것이었다. 그는 강 위를 걷다 문득 발걸음을 멈춘다. 그가 깨달은 것은.

당신의 모든 순간이 아름다움으로 가득 차 있다

나이 마흔의 쇼크를 벗어났다고는 하지만, 언제 이렇게 나이를 많이 먹었나 싶은 생각에 자주 아연해진다. 서른이 다가오면 혼란스럽다는데 나는 오히려 서른을 덤덤하게 맞았다. 그러다 다가온 마흔의 무게는 서른 때와는 비교할 수도 없을 만큼 무겁고 버거웠다.

일을 하다, 길을 걷다, 심지어 여행지에서도, 운전할 때마저도 급작스레 온갖 감정이 덮쳤다. 그리고 그 감정 대부분은 허무함, 후회 등 비관적인 것이었다. 거 봐. 어른이 되면 흔들리지 않는다는 것 다 거짓말이라니까.

발밑이 꺼져버리는 듯한 혼란과 심장을 얼어붙게 만드는 허무가 우리의 삶을 괴롭힐 때가 있다. 그 허무를 이겨내는 과정마저도 삶이다. 그를 위해 우리는 답을 찾으려 노력하기도, 그를 잊기 위해 뭔가에 열중하기도 한다. 안타깝게도 그 허무에 잠식돼 삶의 마지막을 맞는 이들도 있겠다.

물론 우리가 언제나 뇌까리듯 허무를 이겨내는 방법이, 삶을 사는 방법이 녹록할 리 없다. 노력을 기울였음에도 어느 사이에 우리 옆에는 팔색조처럼 다양한 빛깔과 양상의 허무함이 다가온다.

이 영화의 주인공 젭 역시 삶을 찾기 위해 다양한 시도를 하지만, 모든 것이 수포로 돌아간다. 첫사랑의 기억은 이미 찾을 수 없게 됐고, 그 경건하다던, 누구나 손을 모으면 답을 준다던 종교도 별 효과는 없었다. 라모나와의 황혼 같은 사랑도 이내 사그라들고 만다. 짐짓 날카로운 체하며 다른 이를 깎아내림으로서 과시할 수밖에 없었던 젭의 모습은 한없이 유약하기만 할 뿐이었다.

한 세기를 넘게 살아온 성녀와의 만남마저 공허로 돌아갈 무렵, 젭은 비로소 깨닫는다. 자신의 일상이, 삶을 돌이켜보면 아름다움으로 가득 차 있었다는 것을 알게 된다. 수십 년을 보내고서야 비로소 깨달은 이 소박한 삶의 아름다움이 그를 허무에서 빠져나오게 해줬다. 어려운 것이 아니다. 특별한 것이 아니고 구태여 찾아야 할 것이 아니다.

삶 그 자체가 허무일 지 모르지만, 삶 자체는 또한 무엇보다 아름다운, 그레이트 뷰티가 된다는 것을 젭은 깨닫는다.

영화의 배경이 로마이니만큼 이 영화는 상당히 눈을 즐겁게 해준다. 음악 역시 너무나도 훌륭해 2시간 20분 내내 폐부를 간질거린다. 보고 듣는 즐거움을 수반한 이 영화의 초반 발걸음은 상당히 느리면서도 산만하다.

그렇기에 영화 초반은 자칫 지루할 수 있다. 하지만 이마저 음미하면서, 마치 성실한 삶을 살듯 눈과 귀를 차분히 달구다 보면 이 영화는 곧 관객에게 농후한 쾌감을 선물한다. 살아간다는 간결한 진실, 우리가 늘 봤지만, 스쳐지나가버렸던 삶의 풍만한 과실들…. 클라이막스를 지나 결말에 다다르면 그야말로 숨이 막힐 정도다.

이 영화는 스탭 롤과 함께 로마의 풍광을 느긋하게 보여준다. 당신의 삶도 이처럼 천천히, 산책하듯 즐기고 되새겨 보라는 이 영민한 메시지는 코코아보다 따뜻하고 달콤하다.

하지만 아무래도 영화의 흐름을 뚫고 그 속에 숨겨진 메시지를 파악하느냐 못하느냐에 따라 평가는 극명하게 갈릴 듯하다. 상영 도중 지루하다며 극장을 나간 관람객이 여남은 명은 됐던 것으로 기억한다.

그럼에도 자신 있게 말하고 또 추천한다. 이 영화는 내가 영화를 사랑하는 이유 그 자체다.

{에필로그}

〈칼릴 지브란의 예언자 Kahill Gibran's The Prophet, 2013〉

아버지를 잃고 마음을 닫은 채 목소리마저 잃어버린 소녀 알미트라. 그는 우연히 시인 무스타파와 만나 친구가 된다. 무스타파는 인간과 가까우면서도 가장 먼 존재. 한없이 신에 가까운 이. 그렇기에 사람들의 시기와 두려움을 사 자택 연금된 터다.

무스타파와 알미트라가 이름과 마음을 막 나눈 그때 무스타파는 석방된다. 고향을 향해 떠나던 무스타파는 그를 바라보는 이들에게 자유, 부모와 아이, 결혼, 사랑, 음식, 일, 선과 악, 죽음에 관한 통찰을 선물로 전한다.

통찰을 되뇌인 그 순간 알미트라와 사람들은 비로소 삶을 깨닫는다. 그들은 곧 눈을 떠 무스타파를 바라본다. 무스타파는 자유롭게 창공을 날고 있었다.

오, 삶이여, 아름다운 삶이여, 경이로운 삶이여!

이 책을 쓰려고 마음먹었을 때 맨 마지막 소개할 영화로 일찌감치 이 작품을 점쳐났다. 뭔가 애매하면, 답답하면, 화나거나 슬프면, 알 수 없는 기분에 심란해지면, 사실 어떤 감정을 느끼던 위로를 얻고 싶다면 이 영화를 보라.

현자가 다정한 목소리로 말해주는 삶의 지혜와 위로, 고전의 가치 가운데 가장 가슴에 사무치는 점이다. 세계 수많은 이의 나침반이 된 명저 〈칼릴 지브란의 예언자〉. 이 영화는 고전의 튼튼한 메시지를 유려한 화면, 심금을 울리는 음악, 눈을 감아도 떠오를 만큼 선명한 구성으로 엮어냈다.

영화가 대체 어디까지 아름다워질 수 있을까. 진보한 기술은 인간의 흥미를 만족하는 데 그치지 않고, 인간의 감성마저 몇 단계나 도약시켰다. 가장 좋은 예가 애니메이션이다. 인간의 무한한 상상을 현실로 옮겨놓은 애니메이션, 무엇이든 표현하고 어떤 의미든 배가하는 그 가능성은 지금 이 순간에도 끝없이 넓어지고 있다.

애니메이션의 무한한 가능성에 현자의 통찰과 지혜가 더해졌으니 이 영화는 완벽할 수밖에 없다. 세기의 현자 칼릴 지브란. 그가 전하는 삶에 관한 여덟 가지 메시지는 시공을 뛰어넘어 그들에게, 우리에게, 우리의 후손에게까지 영향을 미친다.

무엇보다 소중하고 강하며 큰 책임이 따르는 '자유'의 가치, '부모와 아이' 간의 유대와 결속, 사랑의 증명이자 구속이어서 더 농밀한 '결혼', 삶을 지탱하는 힘인 '음식'과 '일'. 이어 우리 삶 가운데 끊임없이 부딪히는 명제 '선과 악'을 지나 칼릴 지브란은 모든 것의 종착이자 또 다른 시작인 '죽음'을 이야기한다. 그리고 그 모든 과정에서 '사랑'을 노래한다.

이 영화는 우리의 삶 자체를 논한다. 삶에 대해 조언하며 부드럽게 어루만지고 위로한다. 날카롭지만, 아프지 않게. 어렵지만, 유효하게 메시지를 던진다. 이 메시지가 너무나도 아름다운 화면을 통해 전해지니 벅찬 감동을 어떻게 말로 형용할 수가 없다.

이 작품은 삶 그 자체다. 나는 러닝 타임 내내 자유에 흥분했고, 내 아둔함에 전율했다. 동시에 그가 내게 속삭이는 조언과 가리키는 새로운 지식의 희망에 벌벌 떨었다. 이내 그가 일깨워준 사랑의 속성에 얼굴을 붉히며 발기한 찰나 엄

숙한 사랑의 의미를 뒤늦게 깨닫고 흐느꼈다.

여기서 멈추지 않는다. 그는 내게 삶의 의미와 가치를 논파하고 이 모든 것을 펼치게 해주는 자유를 알려준다. 그는 모든 것의 시작이자 끝인 죽음에 대해서도 말해주지만, 괜찮다. 아직 내게는, 우리에게는, 왕관과 십자가를 씌워 마땅한 사랑이 있을 테다.

눈도, 귀도, 머리도, 몸과 마음까지 뒤흔드는 영화다. 정말 강력 추천.

산다 | 영화 애호가
저 강변 극장

초판 1쇄 발행 2021년 7월 26일

지은이   차주경

편집   김유정
디자인   문유진

펴낸이   김유정
펴낸곳   yeondoo
등록   2017년 5월 22일 제300-2017-69호
주소   서울시 종로구 부암동 208-13
팩스   02-6338-7580
메일   11lily@daum.net

ISBN   979-11-91840-00-1 03810